死を想う

作家が綴る心の手紙

宇治土公 UJITOKO
三津子 MITSUKO
編著

二玄社

はじめに

手はじめにお話しておきたいのは、作家の手紙文（遺書、弔辞を含む）の解説のはずが、時には「私」や「近代文学館」が顔をのぞかせる、あれ、ヘンだな――この奇異な現象についてです。

昭和三十八年、桜の季節、夜汽車に乗って東京に着いた私は、いきなり日本近代文学館の門をたたきました。といっても、まだ門も何もない設立運動体の時点ですが。履歴書もなしの素手で、幸か不幸か押しかけ女房的に参加を許されました。その秋に新宿・伊勢丹で催す、大がかりな「近代文学史展」の担当ということで、無我夢中の日夜をすごし、四年後、東京都目黒区の駒場公園に建物ができてオープンした文学館に、そのまま、どっぷりはまりこんだのが、お粗末、私の半生であります。

文学館とは、資料の収集、保存、活用をモットーとして、ゼロから出発しましたが、私が思いますに、資料サイドと人間サイドの両面の性格をもつようです。後者は、かつての理事長伊藤整氏が、「文学館は未亡人を大切にしましょうね」と、私に囁いたように、作家の遺族、現役の小説家・詩歌人・評論家、新聞・出版人との付きあいでしょうか。

どちらかと言えば人間好きの私は、この本のなかでも、人と付きあっているつもりなので、つい「近代文学館」、「私」が出てくるゆえんとなりました。

専門家の場合は、綿密な調査や理論が重要なしごとでしょうが、私は一通の手紙のバック・グラウンドやエピソードを、おもに作家本人や、その近親者や友人の、回想記やエッセイから多くのヒントをいただきました。錯覚や記憶ちがいもあるだろうし、作り話もあるかも知れません。でも、これは専門家の研究書ではありません。気楽な読み物として、作家の人と作品に親しむガイドの一端として、どこからでも、ちょっと覗いてみてもらえれば、うれしいものです。

この一冊は、作家＝人間の死をテーマとしました。

以上、編著者よりのひと言です。

作家が綴る心の手紙　**死を想う**　◎目次◎

遺すことば

レクイエム

凡例

*手紙本文は出典により歴史的仮名遣いと現代仮名遣い、漢字の新旧字体が混じり、不統一がまぬがれないので、全体を原則として現行の仮名遣い、新字体に揃えた。但し、芥川龍之介、森鷗外など通用の人名は例外とした。

*本文の送り仮名、句読点、改行などは原文通りとしたが、難読の漢字に振り仮名を補い、長いセンテンスは一字空きなどを適宜おこない、読みやすくした。

*手紙の最初の年月日の下は、発信と受信の場所である。番地は略し、県名その他は適宜省いた。

*長文の手紙で省略したものには、（前略）、（中略）、（後略）を記した。

*手紙文中〔　〕の中にくくったものは、読書の便を図り編集の段階で表記を補った箇所である。

*解説文中の詩歌の引用は、原表記、歴史的仮名遣いのままとした。また、作品名など固有名詞の仮名遣いは改めないこととした。

*原則として、図書名は『　』に、作品名と新聞・雑誌名は「　」に入れた。

愛別離苦

夏目漱石が綴るⅠ

夏目漱石　なつめ・そうせき　一八六七（慶応三年）、江戸牛込（新宿区）馬場下横町の名主の家に生れる。小説家。本名金之助。東大英文科卒。松山中学を経て、熊本の五高に赴任し、英国に留学。帰国後、一高と東大の兼任講師となり、「ホトトギス」に「吾輩は猫である」を連載。「倫敦塔」、「坊っちゃん」、「草枕」など発表ののち、明治四十年、東京朝日新聞社に入社、第一作「虞美人草」から最後の「明暗」まで、「朝日」が発表舞台となった。ほかに『それから』、『門』、『彼岸過迄』、『行人』、『こゝろ』、『道草』など。一九一六（大正五）年十二月九日、胃潰瘍のため早稲田南町の自宅で死去した、四十九歳。

正岡子規　まさおか・しき　一八六七（慶応三）年、伊予国温泉郡（松山市）に生れる。俳人、歌人、写生文家。本名は常規、幼名は処之助、升。別号は獺祭書屋主人、竹ノ里人など。文科大学（東大）哲学科から国文科に転じ、中退。明治二十二年、漱石を知り、喀血により時鳥の句を作り、子規と号す。日本新聞社に入社、下谷区上根岸に居を定める。日清戦争従軍の帰路、発病。松山で漱石と同居する。病臥のなか俳句短歌の革新運動に活動し、「ホトトギス」を主宰。『古白遺稿』、『俳諧大要』、『墨汁一滴』、『春夏秋冬』、『仰臥漫録』など。糸瓜三句の絶筆を書き、一九〇二（明治三十五）年九月十九日、自宅子規庵で死去、三十四歳。

東大時代の漱石

漱石の嫂登世

嫂《あによめ》への想い

一八九一（明治二十四）年八月三日　正岡子規宛

牛込区喜久井町 ▸▸▸ 松山市湊町

（前略）

不幸と申し候は余の儀にあらず小生嫂の死亡に御座候　実は去る四月中より懐妊の気味にて悪阻《つわり》〔阻〕と申す病気にかゝり兎角打ち勝れず漸次重症に陥り　子は闇より闇へ母は浮世の夢廿五年[*1]を見残して冥土へまかり越し申候　天寿は天命死生は定業とは申しながら洵《まこと》に〳〵口惜しき事致候

わが一族を賞揚するは何となく大人気なき儀には候得共　彼程の人物は男にも中々得易からず況《まし》て婦人中には恐らく有之間《これあるま》じくと存居候　そは夫に対する妻として完全無欠と申す義には無之《これなく》候え共社会の一分子たる人間としてはまことに敬服すべき婦人に候いし　先ず節操の毅然たるは申すに不及《およばず》性情の公平正直なる胸懐の洒々落々として細事に頓着せざる抔《など》生れながらにして悟道の老僧の如き見識を有したるかと怪まれ候位　鬚髯鬖々《しゅぜんさんさん》たる生悟りのえせ居士はとても及ばぬ事小生自から慚愧《ざんき》仕《つかまつり》候事幾回なるを知らず　かゝる聖人も長生きは勝手に出来ぬ者と見えて遂に魂帰冥漠魄帰泉只住人間廿五年と申す場合に相成候　さあれ平

生仏けを念じ不申《もうさず》候えば極楽にまかり越す事も叶う間じく　耶蘇の子弟にも無之候えば天堂に再生せん事も覚束なく　一片の精魂もし宇宙に存するものならば二世と契りし夫の傍か平生親しみ暮せし義弟の影に髣髴《ほうふつ》たらんかと夢中に幻影を描き　ここかかしこかと浮世の羈絆《きはん》〔絆〕につながるゝ死霊を憐みうたゝ不便*2の涙にむせび候　母を失い伯仲二兄を失いし身のかゝる事には馴れ易き道理なるに　一段毎に一層の悼惜を加え候は小子感情の発達未だ其頂点に達せざる故にや　心事御推察被下《くだされ》たく候

悼亡の句数首左に書き連ね申候　俳門をくゞりし許りの今道心　佳句のあり様は無之一片の衷情御酌取り御批判被下候わば幸甚

朝貌や咲た許《ばか》りの命哉
細眉を落す間もなく此世をば　（未だ元服せざれば）
人生を廿五年に縮めけり　（死時廿五歳）
君逝きて浮世に花はなかりけり　（容姿秀麗）
仮位牌焚く線香に黒む迄
こうろげ*3の飛ぶや木魚の声の下
通夜僧の経の絶間やきり〴〵す　（三首通夜の句）
骸骨や是も美人のなれの果　（骨揚のとき）

何事ぞ手向し花に狂ふ蝶
鏡台の主の行衛や塵埃　（二首初七日）
ますら男に染模様あるかたみかな　（記念分《かたみわけ》）
聖人の生れ代りか桐の花　（其人物）
今日よりは誰に見立《たて》ん秋の月　（心気清澄）
（後略）

＊1　廿五年＝この年齢は数え年。嫂は漱石と同年の二十四歳だった。
＊2　不便＝不憫の当て字。
＊3　こうろげ＝蟋蟀《こおろぎ》。

明治二十四年、文科大学（東大）の学生である二十四歳の漱石から、夏休みで松山に帰省中の親友、国文科の正岡子規へ書いた手紙だ。長文なので前後を略して、七月二十八日に亡くなった漱石の三番目の兄の妻のことと、彼女への想いを発露した俳句十三句の部分である。

つわりのために他界した三兄和三郎の妻登世《とせ》について、彼女は「社会の一分子たる人間としてはまことに敬服すべき婦人」で、細かい事に頓着しない洒々落々だと、人柄と性格を賞揚し、「死霊を憐みうたゝ不便の涙にむせび候」と、青年漱石は心から愛惜し、慟哭している。漱石とちがって遊び人だった三兄への同情はないようだ。

この感情の迸る文面と、追悼句の最初の「朝貌や咲た許りの命哉」や、初七日の「何事ぞ手向し花に狂ふ蝶」などを読むと、この同い年の嫂に、尊敬とともに彼の恋に似た気持も察せられる。どうやら漱石は、学歴とは関係なく聡明で、スラリとした立ち姿の美人が、好きな女性のタイプらしい。この嫂のイメージが、のちの漱石の小説のヒロインのだれかれと通底するかもしれない。

「母を失い伯仲二兄を失いし身」とあるのは、明治十四年、中学時代に生母が、二十年三月に長兄が、同年六月に次兄が相次いで亡くなったことで、肉親の死には馴れているのに、漱石にとって嫂の死は、この上ないショックだったことを告げている。

略した前文によると、子規から俳句を指導する一丈（約三メートル）余の長い手紙をもらったらしい。それは「情人の玉章」（ラブレターか）よりも嬉しく、自分の俳句は下手の横好きだけれど、今後とも驥尾《きび》に付して、精々勉強します、と殊勝な返事、それにつづく「一族中に不慮の不幸」の報告となった。

省略した後半には、森鷗外の作品評と、江戸時代の洋画家司馬江漢の随筆を読んで、「古人に友を得たる心にて愉快」だと書いている。

手紙の文末のサインは「平凸凹《たいらのでこぼこ》」とある。漱石が子どものとき疱瘡にかかり、顔にあばたがあったゆえの名前。宛名は「のぼるさま」。これは子規の幼名の「升」の読みで、徒歩で鎌倉へ行ったり、ベースボールに熱中する子規の健康な時代には、みずから能球とか野球（ともに、ノボールと読む）と号したという。ちなみに子規は一高の名キャッチャーで、彼が訳した打者、走者、死球、飛球というような用語はいまも使われている。「正岡子規の野球殿堂入り」とか、こんなニュースが最近あったようだ。

正岡子規が綴る

正岡子規　まさおか・しき　一八六七（慶応三）年、伊予国温泉郡（松山市）に生れる。俳人、歌人、写生文家。本名は常規、幼名は処之助、升。別号は獺祭書屋主人、竹ノ里人など。文科大学（東大）哲学科から国文科に転じ、中退。明治二十二年、漱石を知り、喀血により時鳥の句を作り、子規と号す。日本新聞社に入社、下谷区上根岸に居を定める。日清戦争従軍の帰路、発病。松山で漱石と同居する。病臥のなか俳句短歌の革新運動に活動し、「ホトトギス」を主宰。『古白遺稿』、『俳諧大要』、『墨汁一滴』、『春夏秋冬』、『仰臥漫録』など。糸瓜三句の絶筆を書き、一九〇二（明治三十五）年九月十九日、自宅子規庵で死去、三十四歳。

夏目漱石　なつめ・そうせき　一八六七（慶応三）年、江戸牛込（新宿区）馬場下横町の名主の家に生れる。小説家。本名金之助。東大英文科卒。松山中学を経て、熊本の五高に赴任し、英国に留学。帰国後、一高と東大の兼任講師となり、「ホトトギス」に「吾輩は猫である」を連載。「倫敦塔」、「坊っちゃん」、「草枕」など発表ののち、明治四十年、東京朝日新聞社に入社、第一作「虞美人草」から最後の「明暗」まで、「朝日」が発表舞台となった。ほかに『それから』、『門』、『彼岸過迄』、『行人』、『こゝろ』、『道草』など。一九一六（大正五）年十二月九日、胃潰瘍のため早稲田南町の自宅で死去した、四十九歳。

正岡子規

自己への想い

一九〇一（明治三十四）年十一月六日　夏目漱石宛　下谷区上根岸 ▸▸▸ ロンドン

僕ハモーダメニナッテシマッタ、毎日訳モナク号泣シテ居ルヨウナ次第ダ、ソレダカラ新聞雑誌ヘモ少シモ書カヌ。手紙ハ一切廃止。ソレダカラ御無沙汰シテスマヌ。今夜ハフト思イツイテ特別ニ手紙ヲカク。イツカヨコシテクレタ君ノ手紙ハ非常ニ面白カッタ。近来僕ヲ喜バセタ者ノ随一ダ。僕ガ昔カラ西洋ヲ見タガッテ居タノハ君モ知ッテルダロー。ソレガ病人ニナッテシマッタノダカラ残念デタマラナイノダガ、君ノ手紙ヲ見テ西洋ヘ往タヨウナ気ニナッテ愉快デタマラヌ。若シ書ケルナラ僕ノ目ノ明イテル内ニ今一便ヨコシテクレヌカ（無理ナ注文ダガ）

画ハガキモ慥《たしか》ニ受取タ。倫敦ノ焼芋ノ味ハドンナカ聞キタイ。

不折[*1]ハ今巴里ニ居テコーランノ処ヘ通ウテ居ルソウジャ。君ニ逢ウタラ鰹節一本贈ルナド、イウテ居タガモーソンナ者ハ食ウテシマッテアルマイ。

虚子ハ男子ヲ挙ゲタ。僕ガ年尾[*2]トツケテヤッタ。

錬卿[*3]死ニ非風[*4]死ニ皆僕ヨリ先ニ死ンデシマッタ。

僕ハ迚モ君ニ再会スルコトハ出来ヌト思ウ。万一出来タトシテモ其時ハ話モ出来ナクナッテルデアロー。実ハ僕ハ生キテイルノガ苦シイノダ。僕ノ日記ニハ「古白曰来」ノ四字ガ特書シテアル処ガアル。

書キタイコトハ多イガ苦シイカラ許シテクレ玉エ。

明治卅四年十一月六日灯火ニ書ス　東京　子規拝

倫敦ニテ

漱石兄

＊1　不折＝中村不折。画家、書家。明治二十七年、子規が編集主任の小日本社に入社した。

＊2　年尾＝子規が命名した高浜虚子の長男。小樽高商で伊藤整と同級。のち俳人として虚子の衣鉢をつぐ。

＊3　錬卿＝竹村黄塔。少年時代から子規と親しい俳人。本名は鍛。河東碧梧桐の兄。東京女高師ほかで教職。この年二月、早世した。

＊4　非風＝新海非風、別号は非凡。松山生れの俳人。子規のベースボール小説「山吹の一枝」は非風との合作。この手紙の前月二十八日、死去。

明治十七年、東京大学予備門予科に入学した子規と漱石が、急速に親しくなったのは、本科に入った二十二年からである。五月九日、激しい喀血をした日から正岡は子規と号し、同月二十五日、子規の詩文集「七《なな》艸《くさ》集」の批評に、夏目は初めて漱石というへそ曲りの号を使った。それ以後二人は生涯の親友になったが、漱石に言わせれば、子規に弟あつかいをされていたというが、子規は漱石を畏敬している。そんな仲で俳句の道では、たしかに子規が漱石の先生だった。松山から、また熊本から、漱石が俳句を送ると、子規は良い句には赤い丸を付け、または散々な批評を書き入れて送り返した、そんな句稿がたくさん残っている。

子規は大学中退後、俳句革新運動に燃え、実作者として、新聞人として、根岸短歌会や俳誌「ホトトギス」を舞台に、めざましく活躍していた。しかし同時に、「病子規」であった。

この手紙はロンドンの漱石に、絶望的な病状と心情を訴えている。前年八月、旅立ちの前に子規庵へお別れに行ったとき、大量の喀血によるひどい衰弱ぶりを目にして、漱石はもうだめだ、おそらく生きて逢うことはあるまいと、すでに永訣の想いにかられたのではないだろうか。

「君ノ手紙ハ非常ニ面白カッタ」とある漱石の子規へのロンドン便りは、「倫敦消息」と題して「ホトトギス」に掲載している。終りのほうに見える「古白曰来」（古白曰く来たれ）の四字は、意味深長である。「僕ノ日記」つまり「仰臥漫録」の十月十三日の項に、ナイフと千枚通しの絵を描き、このなぞの四字がある。明治二十八年にピストル自殺をした子規の四歳下の従弟で、俳人、劇作家の藤野古白が、あの世から、来いと言っているという意味である。母の留守に、鈍い小刀と錐を硯箱の中に見つけて、これで死ぬのは苦しいだろうか、隣の部屋に剃刀があってもそこまで這っていくことも、もうできない、と自殺への誘惑とたたかう日記の文末の、鬼気迫る絵と四文字だ。

一日おいて十五日の「仰臥漫録」には、遺書が書かれている。葬式の広告は無用、葬式で弔辞伝記などを読むこと無用、戒名は長たらしいから無用、通夜すること無用、「柩の前にて空涙は無用に候　談笑平生の如くあるべく候」と、すっきりした遺書を記した。しかし、翌月の漱石へのこの手紙では、「号泣シテ居ル」。家から一歩も出られないどころか、せまい蒲団の中で身動きもできない子規にとって、イギリスの都会は遠すぎた。元気だった学生時代に、いつか西洋を見に行こうと語りあっただろうに、子規には夢に了った。

悲愴な手紙なのに、唐突に「焼芋の味」の一行があるのは、いかにも食い物好きの子規が顔を出した感じで、おもしろい。

もうモルヒネも効かない結核性腰椎骨カリエスの激痛にのたうちながら、書きつづけ、美しい「果物帖」「草花帖」「玩具帖」などの絵を描きつづけながら、この手紙の翌年九月、世を去った。

漱石はのちに『吾輩は猫である』中篇の序文に、この手紙を全文引用して、「此手紙を見る度に何だか故人に対して済まぬ事をしたような気がする」と、返事を書かなかったことを悔いた。その頃の漱石は、気が狂ったという噂が流れるほどの神経衰弱だった。子規の死を知らせた高浜虚子に、「手向くべき線香もなくて暮の秋」「霧黄なる市に動くや影法師」などの追悼句を入れた手紙を書いたのは、イギリス出発の数日前、すでに十二月一日になっていた。

島崎藤村が綴る

島崎藤村　しまざき・とうそん　一八七二（明治五）年、長野県馬籠村に生れる。詩人、小説家。本名は春樹、初期の別号は無名氏、古藤庵無声、枇杷坊など。明治学院卒。明治女学校、東北学院で教職につく。「文学界」同人、『若菜集』などで詩人として出発。明治三十二年、小諸義塾に赴任し、秦冬子と結婚。散文に転じ「破戒」により、代表的な自然主義作家となる。三人の女児のあいつぐ病没、四人の子をのこして妻も死去する。家事手伝いの姪と関係し、大正二年渡仏（「新生」事件）。加藤静子と再婚し、ライフワーク「夜明け前」を完成。一九四三（昭和十八）年八月二十二日、「東方の門」の連載なかばで、脳溢血のため大磯の自宅で永眠した。「涼しい風だね」と妻に最期のことばを言った。七十一歳。

神津猛　こうづ・たけし　一八八二（明治十五）年、長野県北佐久郡志賀村の素封家に生れる。銀行家。慶応義塾普通部卒。『破戒』執筆時の生活費、『春』の出版費、フランスからの帰国旅費など、島崎藤村に金銭援助をする。一九四六（昭和二十一）年、六十四歳で逝去。

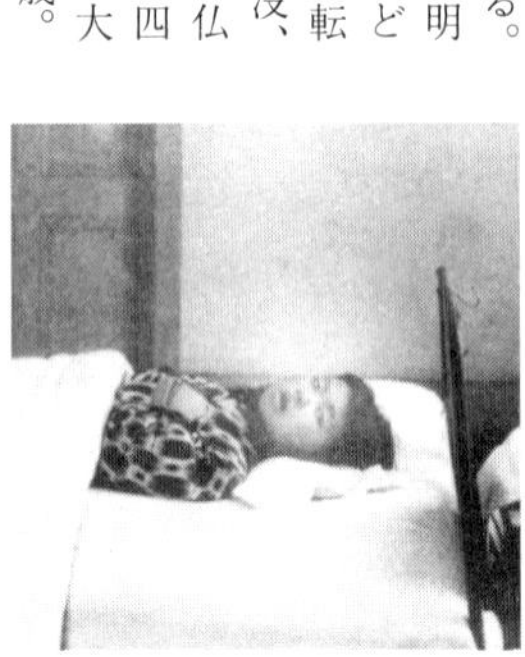

藤村の長女緑

藤村の妻冬子

田山花袋　たやま・かたい　一八七一（明治四）年、栃木県館林町（現・群馬県）の生れ。小説家。本名は録弥。貧窮の生活のなかで漢詩文や英文を学ぶ。明治三十二年、博文館に入社し小説、評論を書き、島崎藤村とともに自然主義作家の中心となる。「文章世界」主筆。『蒲団』、『生』、『田舎教師』、『時は過ぎゆく』、『東京の三十年』、『百夜』など。昭和三年、脳溢血で倒れ、翌年、喉頭癌を発病、一九三〇（昭和五）年五月十三日、五十七歳で死去。

小山内薫　おさない・かおる　一八八一（明治十四）年、広島の生れ。演出家、詩人、小説家、劇作家。東大英文科卒。雑誌「七人」を創刊。明治三十九年、島崎藤村「破戒」を脚色上演。四十二年、藤村を顧問として市川左団次と「自由劇場」運動をはじめ、大正十三年には築地小劇場を創立。一九二八（昭和三）年十二月二十五日、上田（円地）文子の「晩春騒夜」上演慰労会の席で、心臓麻痺のため急死した、四十七歳。

鳴海要吉　なるみ・ようきち　一八八三（明治十六）年、青森県黒石の生れ。歌人。号は帆洋、漂羊、うらぶる、浦春。明治三十八年、島崎藤村を頼り上京、田山花袋の学僕になる。のち青森師範第二講習所を終了し、下北郡の小学校に赴任したが、四十二年、文学を離れ、北海道へ渡り、大正二年、東京に戻る。歌集『TUTI　NI　KAERE』、『やさしい空』。一九五九（昭和三十四）年十二月十七日死去、七十六歳。

三女への想い

一九〇五（明治三十八）年五月八日　神津猛宛　南豊島郡西大久保 ➤ 信州北佐久郡志賀村

（前略）
五日
縫子につきて医師の診察を求むるに急性悩膜炎とあり、一日荊妻と共に看護、終宵眠を成さず。
六日
午前十時縫子死去。（一年と一ヶ月の短生涯）感慨胸を突いて湧出致候。
七日
近き長光寺というへ埋葬、植木屋の親切にて万事手落なく式をすまし候。尤も小児の事ゆえ、友人等へも埋葬後通知致候。亡児は微笑童女と小生自分にて命名。――例の鮫嶋先生*より給わりし石楠木の花、玩具の猫、兎の巾着等を棺の中に納め申候。荊妻は乳をしぼりて手向けるなど、愚痴の真情御憫笑被下度《くだされたく》候。
この日、雨は若葉を流れて一層寂寥の情を増す。

縫子の死は小生に深き感動と決心とを与え申候。
（後略）

＊鮫嶋先生＝小諸義塾で藤村の同僚となったフランス語に堪能な老理学士、鮫島晋。

次女への想い

一九〇六（明治三十九）年四月七日　田山花袋宛　南豊島郡西大久保▶▶▶牛込北山伏町

次女孝子こと、急症腸加答児《カタル》にて今日午後三時大学病院にて死去仕《つかまつり》候。亡児の紀念としてこの葉書を送る。四月七日夜

長女への想い

一九〇六（明治三十九）年六月十三日　小山内薫宛　南豊島郡西大久保▶▶▶小石川区宮下町

かねて御心配被下候少女こと療養不相叶《あいかなわず》、昨十二日払暁遂に死去仕候。先は右申上度、万々拝姿の上、可申上《もうしあぐべく》候。十三日午後

妻への想い

一九一〇（明治四十三）年八月二十八日　鳴海要吉宛

浅草新片町 ▸▸▸▸ 北海道天塩国苫前村コタンベツ原野

御葉書なつかしく拝読仕候。新開地に於る御生活に幸あれかしと祈上候。当地めずらしき汎濫*に候いしが、このあたり河岸に接しながら水害を免れ申候。かねて御厚情を辱《かたじけの》うせし荊妻こと、去る六日産後の経過あしく四人の小児を残し置きて死去仕候。亡き三少女の墓側に埋葬仕候。

先は御返事かた〴〵右まで。八月二十八日

＊汎濫＝隅田川の洪水のこと。この年八月八日の豪雨で各地で大洪水があり、東京府は十八万五千戸が浸水した。

島崎藤村の『破戒』は、明治三十九年三月、自費出版された。巻頭に「この書の世に出づるにいたりたるは、函館にある秦慶治氏、及び信濃にある神津猛氏のたまものなり。労作終る日にあたりて、このものがたりを二人の恩人のまえにさゝぐ」と、妻の父と佐久の若い銀行家への感謝の献辞を印刷した。しかし、その文学の成功のかげで、生活の犠牲となった家族がつぎつぎに死んでいったのである。

明治三十二年、藤村は小諸義塾の教師として赴任すると同時に、秦冬子と結婚した。神田明神脇の開花楼で挙式し、「星よこよひはみそらより／人の世近くくだりきて／清める光に花よめの／たのしき道のしるべせよ」と花婿はうたった。

冬子の実家は函館で手広く網問屋を営んでいる。彼女は開放的かつ文化的な開港都市の土地柄と、独自性をもつ自由な家に育ち、東京の明治女学校に入学、詩人藤村先生に憧れるハイカラお嬢さんだった。だが新婚生活の現実は夢のようではなかった。藤村は簡素をモットーとして、厳寒の水汲みの重労働、荒地を耕す百姓仕事、こんな山国の暮らしが彼女を待っていたのだ。家風と性格のちがいを藤村に感じて、冬子にはとまどいがあった。

教師藤村は信州の自然の散文スケッチをはじめ、短編小説を結実させ、やがて「破戒」の構想へと発展させていった。三十八年、「破戒」の完成を期して小諸義塾を辞職し、妻と三人の女の子とともに、東京へ転居した。上京の前、生活費四百円を借りるために、佐久の素封家神津猛を訪ねた。小諸から乗合馬車で岩村田へ、そこから一里半の道を赤壁の屋敷をめざして、雪にまろびつつ歩いた。ねんごろにもてなされた藤村は、とうとう借金を言い出しかねて、むなしく帰った。しかし、神津家でもらってきた葡萄ジャムを、母鳥が雛になめさせているような妻子の団欒図を見て、やはり長い手紙を書いて、無心した。が、二十三歳の神津には百五十円しか融通できなかった。その前年には、藤村は函館の妻の実家を訪ね、「破戒」の出版費用四百円を請い、岳父の承諾を得ていた。その後も、この二人の金銭的援助はつづくが、多くは島崎家の兄たちへ流れる始末となった。

四月に西大久保の植木屋の敷地内に移った翌月、一歳の三女の縫子が急性脳膜炎であっけなく死んだ。家族が未完成の新居にようやく入れた五月二日、三女は種痘の余熱で苦しんでいた。その四日後の死である。

神津猛宛の手紙は、夫妻の慟哭を伝えている。小諸から本を詰めてきた茶箱を棺として、小さな亡骸を納めた。

『破戒』完成のためには、さらに生活をきりつめ、身重の冬子は粗食による鳥目になり、物がよく見えないと言うので、藤村があわてて鶏肉を買ったりした。この年十月、長男楠男が生れた。

翌年四月には三歳の次女孝子が、急性腸カタルで死んだ。遊んでいて「お腹が痛い」と言ったその日のうちの急変だった。担ぎこんだ病院では、夏みかんの消化不良だと言われた。友人の田山花袋へのハガキに悲痛の文言はないが、茫然自失のさまが当然だろう。死児を抱いた藤村が車からおりると、妻は孝子に取りすがって泣いた。

同じ年六月、長女緑が、「ハシカ」の後、脳膜炎にかかって死んだ。六月七日には、大学病院で看護する藤村の、「たゞおさなきものゝ死を待つのみ」という絶望感もあった。これは小山内薫宛に死を知らせるハガキである。小山内が敬慕する藤村をはじめて小諸に訪ねたとき、頬の紅い、快活な女の子がいた。藤村は、緑が亡母にいちばん似ていると言って、贔屓にしていた。『破戒』の好評により、早くも七月に劇化、真砂座で上演されたが、その脚色は小山内であった。

惨憺たる西大久保の家には住みづらい。十月、隅田川に近い浅草新片町に転居した。四十年、次男鶏二が、翌年、三男蓊助が誕生。四十三年八月、「家」の続編執筆のために藤村の不在のとき、幼い三人の男の子がさわぎまわる自宅で、冬子は七人目の子柳子を産んだ。兄弟の喧嘩をとめようとして起き上がり、多量の出血を見た。藤村がかけつけた時は眠りに落ちていて、そのまま永眠した。冬子が三十三歳のいのちを閉じたのは、両国の花火の日だった。悲哀の藤村は、夜空に打ち上げられる大輪の花を見ただろうか。炸裂する音を聞いただろうか。柳子と名づけられた嬰児の泣き声しか、耳にはいらなかったかもしれない。

鳴海要吉は藤村を慕って上京し、田山花袋の学僕をしたので、島崎家にも出入りして、とりわけ冬子が優しくしていた。その後、郷里の小学校教師に赴任中に、藤村が資金を求めて函館の秦家へ行く途中、鳴海を訪ねている。このハガキを書きながら、藤村は亡妻のおもかげを追っていたことだろう。このとき鳴海は北海道に渡り、原野の住人になっていた。

馬籠の永昌寺の墓地には、簡素な棒状の墓石が並んだ。そこには移葬された妻冬子と子どもたちの中心に、藤村の墓標もある。昭和十八年、自宅の静子夫人の目前で急逝した藤村は、大磯の地福寺に土葬されたが、遺髪と遺爪が馬籠には分葬されたのだ。

田山花袋が綴る

田山花袋　たやま・かたい　一八七一（明治四）年、栃木県館林町（現・群馬県）の生れ。小説家。本名は録弥。貧窮の生活のなかで漢詩文や英文を学ぶ。明治三十二年、博文館に入社し小説、評論を書き、島崎藤村とともに自然主義作家の中心となる。「文章世界」主筆。『蒲団』、『生』、『田舎教師』、『時は過ぎゆく』、『東京の三十年』、『百夜』など。昭和三年、脳溢血で倒れ、翌年、喉頭癌を発病、一九三〇（昭和五）年五月十三日、五十七歳で死去。

国木田独歩　くにきだ・どっぽ　一八七一（明治四）年、千葉県銚子の生れ。元竜野藩士の父の転勤により少年時代は山口県で過ごす。小説家、詩人。幼名は亀吉のち哲夫、別名に鉄斧生、独歩吟客など。東京専門学校（早大）英語政治科を中退。大分県佐伯での教師生活ののち、徳富蘇峰の民友社に入り、従軍記者となる。『武蔵野』、『独歩集』、『運命』などの短篇集がある。出版事業の失敗と発病で転地をかさねたが、一九〇八（明治四十一）年六月二十三日、肺結核のため茅ヶ崎南湖院で死没、三十七歳。

眉山と妻鷲子

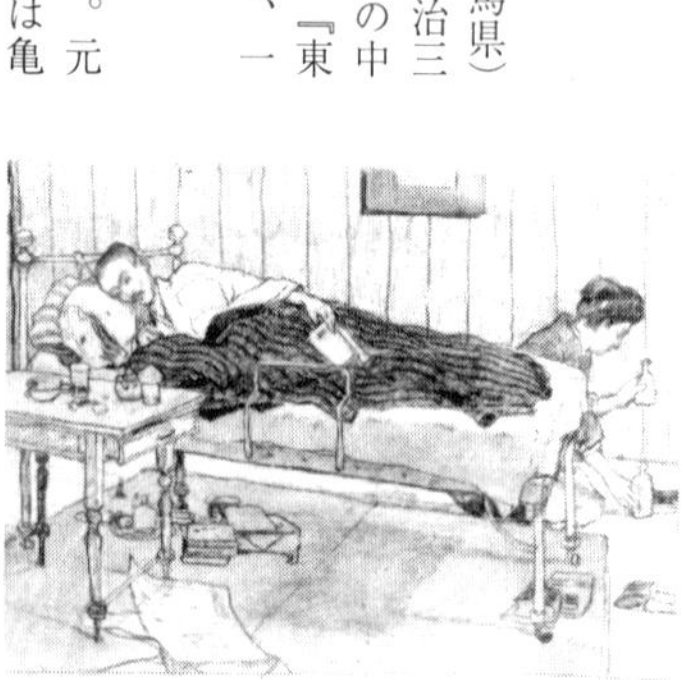
小杉未醒画「病床の国木田独歩」

川上眉山への想い

一九〇八（明治四十一）年六月十七日　国木田独歩宛

牛込北山伏町 ▶▶▶ 茅ヶ崎、南湖院

拝啓御無沙汰致候　実は此間より一度まいりたく存居候いしも、新聞雑誌の他に、二葉亭送別会[*1]やら何やらかやらにて忙わしく、十四日にようやく原稿を五回ほど書ためしゆえ罷出でんと存居りし処、突然眉山君の変事ありまた〳〵意を果さず残念に存候　其後吊花君[*2]田村君[*3]より近状詳しく承知致し居候、御喀血のことも承知、困ったことに存候　何卒〳〵御静養専一、あまり人と興に任せて議論したり談話したりするのは宜しくなくと存候　少しは淋しくとも静かにして御暮しなされんことを祈上候　眉山氏の変事今更ながら気の毒の至り、愚妻なども人事でないなどと申居り、滅多に熟睡しても居られぬなどと申居候、何《ど》うせ文学者は社会の実行者から度外におかるゝのはやむを得ぬ次第、生活難芸術難同情の至りに堪えず候　実は小生もあの日はいやに陰気になり、自殺などのことも度々念頭に浮び、平凡に倦みたる如き心地いたし候いしに、果してこの事あり、死というものゝ影は一種の低気圧なりなど考え申候　いずれ今日からまた小説を四五回かきため、出来得るだけ早く伺上度と存居候、令閨にもよろしく。

十七日午後

田山生

独歩大兄

＊1　二葉亭送別会＝明治四十一年六月六日、二葉亭四迷のロシア渡航送別会、会場は上野精養軒。
＊2　吊花君＝国木田独歩に親炙した小説家、随筆家斎藤弔花。当時は「神戸新聞」社会部長。のち「東京日日新聞」などの記者となる。
＊3　田村君＝中央新聞社主筆、田村三治。学生時代から独歩と親交を結び、独歩の死後、花袋らと『欺かざるの記』を校訂した。

田山花袋が南湖院の病床にいる親友の国木田独歩にあてて、友人の川上眉山の死について書いた手紙である。

眉山は東京大学予備門の一年先輩の尾崎紅葉がおこした文学グループ硯友社の一員としてスタートした。やがて硯友社の戯作調の文学にあきたりなくなって、西洋の息吹きをもつロマンチシズムの文学青年の仲間に近づき、彼ら「文学界」の人々が、ブロンテか紫式部か清少納言かと呼ぶ、年下の姉さん的アイドルであった樋口一葉にも、眉山は接近した。明治二十八年五月二十六日、はじめて眉山が訪問した日の一葉の日記、「としは、二十七とか。丈たかく、色白く、女子の中にもかゝるうつくしき人はあまた見がたかるべし。物いいて打笑む時、頬のほどさと赤うなるも、男には似合しからねど、すべて優形にのどやかなる人なり」という眉山像は、経歴、環境、作品からの暗いイメージではなかったようだ。

一緒に行った馬場孤蝶が「秋の月」なら「眉山君は

春の花なるべし」とも書いている。この日、眉山は一葉との合著を春陽堂から出しましょうと提案して、彼女もその気になったもようだが。その後眉山がしげしげ一葉宅へ出入りしたので、結婚のデマが流れ、いまならワイドショー的に、雑誌の噂欄ではやされて、彼女をなげかせた。

当時の眉山は観念小説の流行にのり、「大さかづき」や「書記官」が注目されたが、まもなく行きづまった。やがて沈滞し、勃興した自然主義文学の作品も発表したが、ぱっとしなかった。

花袋の手紙の「突然眉山君の変事」とは、明治四十一年六月十五日の朝五時ごろ、眉山が牛込区天神町の自宅で、頸動脈を剃刀で切断、即死したのである。花袋の妻が「滅多に熟睡しても居られぬ」と言ったというのは、眉山の二十三歳の新妻鷲子《しゅうこ》と四歳と二歳の男の子が起きる前の出来事だったのだ。妻子の見た四畳半の書斎は、血の海だった。

九日前の二葉亭四迷の渡露送別会では、にこにこしていた眉山の姿があったのに。そして、遺書も何もない。しかも、その日は妻の兄をたよって、浅草への転宅を予定していたのだ。だから衝動的な自殺らしいといわれた。

「生活難芸術難同情の至りに堪えず」と花袋も書いているが、眉山の自殺の原因は、文学的行きづまりか、生活難かというあいまいな報道のままに終った。しかし硯友社同人は、弔辞によって「夢幻の人の夢幻の死」という意味をもたせた。花袋から訃報を聞いた島崎藤村は、蒼白になり、「人ごととは思えない」と、声をひきつらせたという。

このとき国木田独歩は瀕死の重態だった。花袋は独歩の喀血のことなどを聞いて、気になりながら忙しくて見舞いに行けない。この手紙の六日後、まるで眉山に呼ばれたように、独歩もこの世を去った。二十九日の青山斎場での独歩の葬儀に、花袋が弔辞を読んで、「新たに興れる文芸は君の力に待つところ多く、君の志もまた未だ其の半ばを報いざるに蒼天忽ち其の魂魄を奪い去る」と、嘆いた。

同年同月に死んだ二人の窮乏の作家であったが、連日、病状が報道されたあげく、文壇、ジャーナリズムあげての追悼文にかざられた三十六歳の独歩の死と、時代の潮に乗り遅れた三十九歳の眉山の淋しい死は、対照的となった。

花袋が「原稿を五回ほど書きため」たのは、読売新聞に連載中の「生」だが、「生」「妻」「縁」の三部作、「田舎教師」などを世に問い、花袋は藤村とともに仲間の早世を踏みこえて、自然主義文学の中心作家としての地位を得ていった。

夏目漱石が綴るII

夏目漱石　なつめ・そうせき　一八六七（慶応三）年、江戸牛込（新宿区）馬場下横町の名主の家に生れる。小説家。本名金之助。東大英文科卒。松山中学を経て、熊本の五高に赴任し、英国に留学。帰国後、一高と東大の兼任講師となり、「ホトトギス」に「吾輩は猫である」を連載。「倫敦塔」、「坊っちゃん」、「草枕」など発表ののち、明治四十年、東京朝日新聞社に入社、第一作「虞美人草」から最後の「明暗」まで、「朝日」が発表舞台となった。ほかに『それから』、『門』、『彼岸過迄』、『行人』、『こゝろ』、『道草』など。一九一六（大正五）年十二月九日、胃潰瘍のため早稲田南町の自宅で死去した、四十九歳。

鈴木三重吉　すずき・みえきち　一八八二（明治十五）年、広島の生れ。小説家、童話作家。東大英文科卒。在学中、漱石推薦の「千鳥」が「ホトトギス」に載り出世作となる。卒業後の二年半、千葉県成田中学の教頭に赴任。『千代紙』、『桑の実』、『湖水の女』など。大正七年、童話童謡雑誌「赤い鳥」を創刊し、終生編集と経営につとめた。一九三六（昭和十一）年六月七日、五十四歳で死去。

杉村楚人冠　すぎむら・そじんかん　一八七二（明治五）年、和歌山市の生れ。新聞記者、評論家、随筆家。本名は広太郎、別号は縦横。英吉利法律学校（中央大学）、米国ユニテリアン教会自由神学校卒。和歌山新聞、国民新聞、アメリカ

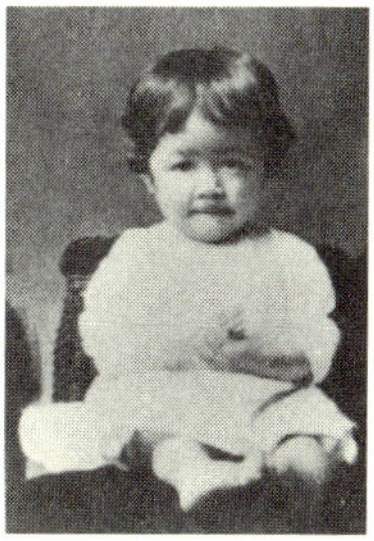

漱石の五女ひな子

岡本一平画「漱石先生」

公使館を経て、明治三十六年、朝日新聞社に入社。新聞近代化に貢献。『大英遊記』、『半球周遊』、『湖畔吟』、『山中説法』、『うるさき人々』など。一九四五（昭和二十）年十月三日死去、七十三歳。

猫への想い

一九〇八（明治四十一）年九月十四日　鈴木三重吉宛　牛込区早稲田南町▶▶▶▶広島市猿楽町

辱知*猫義久く病気の処療養不相叶《あいかなわず》昨夜何時《いつ》の間にか裏の物置のヘッツイの上にて逝去致候埋葬の義は車屋をたのみ箱詰にて裏の庭先にて執行仕《つかまつり》候。但し主人「三四郎」執筆中につき御会葬には及び不申《もうさず》候　以上

九月十四日

＊　辱知＝知り合いの謙譲語で、「知っていてくださる」という意味。

五女への想い

一九一一（明治四十四）年十二月一日　杉村楚人冠宛　早稲田南町▶京橋区滝山町、東京朝日新聞社内

拝啓末女死去につき懇篤な御弔詞に接し千万難有拝誦　実は用事の事故《ことゆえ》入《い》らぬ人騒せも憚《はばかり》と思いわざと何処へも通知を発せざりし次第故あしからず

葬式も喪車に生等夫婦と亡児の姉妹兄弟位がついて行く丈《だけ》の極めて簡単なものにしてしまいました是も御含み迄に申上て置きます

君はじめ他の社内諸君が多忙の時間を割くべく心配せられては却って恐縮だから其辺はよろしく願ます

死んだ子は夕飯を食いつゝ突然つッ伏した儘《まま》死んだのだそうです大人なら脳溢血だが小供では何だか分りません豊田君*も不思議だ〳〵と繰返していました

万事は御目にかゝった折の事まず不取敢《とりあえず》御礼迄　匆々

十二月一日　金之助

杉村老兄

荊妻よりも宜敷御礼を申上ます

＊　豊田君＝早稲田南町に移ってからの夏目家の主治医。

鈴木三重吉は大学英文科で講義を聴いた漱石に、作品「千鳥」を認められて、明治四十年、処女短篇集『千代紙』を上梓、新進作家としてスタートした。翌年七月大学を卒業し、郷里の広島へ帰っていた。なお三重吉はこのハガキを受けとってまもなく上京、千葉県の成田中学校の教頭として赴任した。

漱石の全集には三重吉宛のほかに、やはり門下の小宮豊隆、松根東洋城、野上豊一郎宛に、これとほぼ同じ文面のものが見られるが、もっとたくさん出しているにちがいない。一見そっけないが、死亡通知の文を書いたその筆で、漱石はハガキのまわりに一枚一枚黒い枠を塗りながら、猫の死を悼む心持ちになっていたのではなかろうか。

さて当の小猫が千駄木町の夏目家に迷いこんだのは明治三十七年の夏のはじめだった。いたずらものの黒猫は、家族に虐待されて、名前もつけられなかったが、翌年一月号の「ホトトギス」に載った「吾輩は猫である」が好評を得て、主人が小説家としてデビューすることができたのは、モデルのおかげだから、福猫ということになった。三十九年に西片町へ転居のときも、翌年早稲田南町へ引越しのときも、連れていかれた。猫運び役の三重吉が紙くずかごに入れて歩いたので、小便をひっかけられてぼやいたエピソードがある。

漱石は猫の死亡通知を書き、書斎の裏の桜の木の下に遺体を埋葬して、白木の墓標の表には「猫の墓」、裏には「此の下に稲妻起る宵あらん　漱石」と、追悼句をしたためた。また翌年一月には、猫追慕のエッセイを書いたが、それは猫の衰弱から死までの経過と、妻子も自分も生あるうちは冷淡で死してのち騒ぐという人間の薄情ぶりを、つぶさに観察した記録である。子どもたちは、墓標の左右のガラスのビンにたくさん挿した萩の花も、茶碗の水も毎日替えた。四女の愛子が墓の前の茶碗の水を、おもちゃの杓子で飲んでいる。「きたない、やめろ」と叱ることをしないで、幼児のしぐさを書斎の窓から、微笑ましく見ている父漱石だった。

その後夏目家では、十三日を猫の命日として、鮭の切り身と鰹節かけごはんを、毎月供えた。やがて文鳥と愛犬ヘクトーもそこに埋められた。漱石の死後、猫の十三回忌に九重の石塔が建てられ、その台座には津田青楓が下図を描いた猫と文鳥と犬の像が彫られた。

後年、漱石公園になっている漱石終焉の地を歩いた孫の夏目房之介の文章（青春の彷徨）の中で、「もとは、ただ石を積んだペットの墓だったようだが、昭和二十八年の漱石の命日に、ここに復元されたと説明の看板が教えてくれた。それで一体誰が喜ぶのか、よくわからない」というところで、私は思わず笑ってしまった。戦後新宿区が整備して供養のセレモニーがおこなわれたが、実はとうの昔に猫の骨は雑司が谷の漱石墓地に移していたので、もぬけの空だったという皮肉話もある。

東京朝日新聞の主筆池辺三山が「五人の尋常記者よりも一人の超抜群記者を」と社長に推挙して、明治三十六年に入社したのが楚人冠杉村広太郎であった。漱石は「朝日新聞」入社後、小説連載のほかに四十二年からは「朝日文芸欄」を主宰した。四十四年、この欄をめぐって新聞社の上層部でもめごとがおこり、漱石は辞表を提出しまた撤回する、池辺三山は辞職する、そんな事態がおさまったばかりだった。

前の年の三月二日生れの五女ひな子が、十一月二十九日に死んだ。どこへも死亡通知を出さなかったが、この手紙は「朝日」の杉村からのお悔みへの礼状である。ロンドン特派員の杉村が帰国したとき、漱石が「朝日」にいて、前に「猫」を紙上でけなしたことがあったので内心ひやりとしたが、意外にあたりのいい人で、敬語も使わぬ仲になったとの楚人冠の「談」がある。この月、杉村は調査部初代部長になり、社会部副部長を兼務していた。また杉村も、幼い長女麗子を亡くしていた。

「何だか嘘の様な気がする」というひな子の思いがけない急死の日から、納棺、通夜、葬式、骨拾い、逮夜、骨納めへと、二十九日から十二月五日までの漱石の日記は、人間も風景も小説家の目で、克明に記録している。三日の「生きて居るときはひな子がほかの子よりも大切だとも思わなかった。死んで見るとあれが一番可愛い様に思う」や、「また子供を作れば同じじゃないかと云う人がある。ひな子と同じ様な子が生れても遺恨は同じ事であろう。愛はパーソナルなものである」に、子を亡くした親の悲哀の深さが読める。

明けて一月二日から連載を開始した小説「彼岸過迄」のなかの「雨の降る日」は、ひな子の死を想って書いた章である。ひな子と同じく雛の節句の前の宵に生れた子で、小説では「宵子《よいこ》」という名にしている。縮れ毛に赤いリボンをつけてもらって、父の書斎の入り口で四つばいになって礼をしながら「イボンイボン」と言って見せる。「ああいい頭だね、だれに結ってもらったのと聞くと、宵子は頸を下げたまま、ちいちいと答えた」。そんな可愛らしい宵子を大事にしている姪の千代子と、上機嫌でお粥を食べている時、宵子が突然さじを放りだして、「ちいちい」の千代子の膝の前にうつ伏せになった。父はいつものヒキツケかと思ったが、まもなく瞳孔も肛門も開いてしまって、注射も、からし湯も効かず、医者の「どうもお気の毒です」という言葉しかなかった。

白い洋服とソックス、カールした髪の毛、つぶらな瞳、西洋人形のようなひな子の写真がある。漱石はこの写真を死ぬまで書斎に置いていたという。

石川啄木が綴る

石川啄木　いしかわ・たくぼく　一八八六（明治十九）年、岩手県日戸村に生れ、翌年渋民村に移る。歌人、詩人。本名は一《はじめ》。盛岡中学を中退。与謝野夫妻の新詩社同人となる。盛岡で節子と結婚し、渋民村で代用教員となった。函館、札幌、小樽、釧路を新聞記者として転々したのち、創作に専念するため上京、朝日新聞社に入社、校正係となる。生前は詩集『あこがれ』、歌集『一握の砂』のみ。死後、『悲しき玩具』と、「呼子と口笛」、「時代閉塞の現状」など収録の『啄木遺稿』が刊行された。一九一二（明治四十五）年四月十三日、結核のため二十七歳で世を去った。

石川光子　いしかわ・みつこ　一八八八（明治二十一）年、岩手県渋民村の生れ。啄木の妹。戸籍名ミツ。盛岡女学校中退、聖使女学院卒。小樽メソジスト教会で受洗。婦人伝道師として久留米、深川、奈良などで働く。大正十一年、聖公会司祭三浦清一と結婚。昭和十九年、神戸で救貧施設愛隣館を設立、夫の死後、館長になる。著書『悲しき兄石川啄木』、『兄啄木の思い出』。一九六八（昭和四十三）年十月二十一日死去、八十一歳。

石川啄木

啄木の妹光子

長男への想い

一九一〇（明治四十三）年十月二十八日　石川光子宛　本郷弓町、喜之床方 ▶▶▶ 名古屋、聖使女学院

長男真一が死んだ、昨夜は夜勤で十二時過に帰って来ると、二分間許《ばか》り前に脈がきれたという所だった、身体はまだ温かかった、医者をよんで注射をさしたがとう〳〵駄目だった、真一の眼はこの世の光を二十四日間見た丈《だけ》で永久に閉じた
葬儀は明二十九日午後一時浅草区永住町了源寺で執行する

母への想い

一九一二（明治四十五）年三月二十一日　石川光子宛　小石川久堅町 ▶▶▶ 兵庫県芦屋

自分ではかけないからお友達[*1]に代筆して貰う
母の病気の事は今まで知らせないで居たが、一月半ばすぎに一週間ばかり続けて喀血して床

についたのであった、喀血といえば肺結核の外にないから、びっくりして医者を呼んだが、診断の結果は何年前からともしれない肺結核であるとの事であった、初めはそんな筈はないと思ったが、去年俺が入院して居る時に多少喀血した相だし、それ以前からよく咳をして居た事はお前も承知の通りである、それから田村の姉[*2]も肺病で死んで居るし、母にきいて見ると母の両親も今の言葉で言えば肺病で死んだらしい、それやこれや考え合せると、医者の云う事がやはり本当だ、それを知らずに居たために節子や俺も危険な目を見たのだ、

右の様な次第だから、母の夜具蒲団着物等は一切売り払い、かたみなどは誰にもやらぬ事にした、櫛かんざしは棺の中へ入れてしまった、

俺も母の死ぬよほど前から毎日三十九度以上の熱が出るが床に就いて居たため同じ家に居ながらろく〳〵慰めてやる事も出来なかった、お前の手紙は死ぬ前の晩についた、とてもあれを読んで聞かせても終いまで聞いて居れる様な容態ではないので節子が大略を話しするとお前から金が来たという事だけがわかったらしかった、それからその晩何時頃だったかはよく記憶しないが「みい、みい」と二度呼んだ、「みいが居ない」と言うと、それ切り音がなくなったけが、この外に母はお前に就て何も言わなかった、翌る朝、節子が起きて見た時にはもう手や足が冷たくなって息はして居たがいくら呼んでも返事がない、そこで俺も床から這い出して呼んで見たがやっぱり同じ事だ、すぐ医者を迎えたが、その医者の居るうちにすっ

かり息が切れてしまった、お前の送った金は薬代にならずにお香料になった、葬式は丸谷さんや土岐さんが[*3]一切世話をして呉れて九日の午後に行い、その晩火葬に附して、翌日浅草松清町の等光寺[*4]に納骨した、葬式の時はいね夫婦[*5]が来た、頭を氷で冷やしながら、これまでしゃべったが、もう何もない様だ、くれぐれも言いつけるが俺へ手紙をよこす時用のないべら〱した文句をかくな、おまえの手紙を見るたびに俺は癇癪がおこる、

三月二十一日　　　　一

光子殿

＊1　お友達＝丸谷喜市。函館出身、東京高商（一橋大）卒。啄木とは社会主義の論友。のち、神戸商大学長。
＊2　田村の姉＝啄木の長姉、田村サダ。明治三十九年、三十一歳で死去。
＊3　土岐さん＝歌人、土岐哀果（善麿）。啄木を世に出すことに尽力し、遺族の生活を援助した。
＊4　等光寺＝土岐善麿の生家。
＊5　いね夫婦＝長姉田村サダの娘夫婦。

啄木が妹光子にあてて長男の死と、母の死を伝えた手紙である。

明治四十一年四月、啄木は単身赴任していた釧路新聞社を去った。もう一度、東京で文学に挑戦しよう、今度こそ、と矢も盾もたまらず、海路横浜に上陸。本郷菊坂の赤心館にいた金田一京助の下宿に転がりこみ、

念願の創作に打ちこんだ。しかし、五つの小説は、すべて売れない。収入のあてもなく、金田一の友情にすがっていた。日記には、「死のうか、田舎にかくれようか、はたまたモット苦闘をつづけようか？」とあり、死んだ国木田独歩も川上眉山も、死にたくて死ねない者より幸福だと書いている。

どん底の啄木の救いの神は森鷗外だった。四十二年一月創刊の「スバル」に、小説「赤痢」が掲載され、二十三歳の啄木が、石川一の本名で発行名義人にしてもらった。三月には東京朝日新聞社に校正係として採用されたので、六月、函館から母と妻節子と長女京子を迎えて、本郷弓町の喜之床の二階で間借り生活をはじめた。節子は函館から持ちこしの、腰は曲っていても気丈で勝気な啄木の母とのトラブルに、心身ともにやつれた妻に変貌した。やがて家出していた父も帰る。「朝日」での啄木は夏目漱石主宰の「朝日文芸欄」や『二葉亭全集』の校正の仕事にはりきり、しばし愉快な時であった。翌年九月には「朝日歌壇」の選者にも抜擢された。

その年十月四日に生れた長男真一は、二十七日に死んだ。二十四日間のいのちだった。妹への手紙に、新聞社の夜勤で深夜帰宅すると、二分前に真一がこと切れていたこと、医者の注射にも反応しなかったが、身体はまだ温かかったことなどを書いた。淡々とした報告のなかに、いとし子を亡くした親の愁嘆がきこえる。葬儀の香典帖には、「朝日」六円五十銭、与謝野寛と平出修が二円などの記録が見える。平出は与謝野夫妻の「明星」の歌人であり、大逆事件の弁護人で、啄木は平出の家で幸徳秋水らの獄中書簡や一件書類を見せてもらって、「国家」「社会」の問題に関心を深めた。

十二月刊行の処女歌集『一握の砂』の末尾に、真一のための挽歌八首を追加した。

底知れぬ謎に対ひてあるごとし／死児のひたひに／またも手をやる

四十四年、大逆事件処刑の翌月の二月、啄木は慢性腹膜炎の手術の前には、旭川にいる妹に、「兄さんは御病気で明日から御入院だ」と暢気ぶった手紙も書いたが、退院後病状悪化して肺結核に移行、再起不能となる。妻の実家との義絶、スポンサーであり、義弟となる函館の親友宮崎郁雨との絶交によるさらなる窮乏のなかで、「はてしなき議論の後の／冷めたるココアのひと匙を啜りて、／そのうすにがき舌触りに、／われは知る、テロリストの／かなしき、かなしき心を」などの詩稿を書きつづけた。

四十五年三月七日、母カツが亡くなった。享年六十五。父はまた家を出ていて母の死は知らされなかった。啄木自身、衰弱の極みだから、母の死についての妹への手紙もずいぶん遅れて、しかも口述筆記である。母が前から肺結核だったせいで、「節子や俺も」と恨み、伝染の恐怖感から、母の遺品を消してしまう処方など、悲しくも虚しい手紙だ。死の前に「みいい、みいい」と光子を呼んだというところで、ほっとするものがあるが、啄木には母の臨終に帰宅しなかった妹の伝道生活への怒りの感情がある。「母危篤」の電報に対して、芦屋の学校側は、母の死と兄の病気の家へ彼女が行けば、再び戻れなくなる、それは神の使命にそむく行為だと、帰宅を反対されてしまったというわけだった。光子が盛岡女学校に入るとき、ぶっきらぼうに「これを読め」と言って聖書を渡された、唯物論者の兄が妹の入信の動機を与えたと光子は思っていたのだが。

啄木は母のあとを追うかのように、四月十三日、桜散る朝、妻節子と父と若山牧水に看取られて瞑目した。骸骨のような二十七歳の死に顔のかたわらで、弔問の北原白秋が「女と酒を私に教えたのは、この人」と、金田一京助に呟いたという。節子は夫の死んだとき、八ヶ月の身重であった。六月、第二歌集『悲しき玩具』と、次女の誕生をみたが、日本中に蔓延していた結核菌は、節子の命をも奪った。二児をのこして、彼女も翌年五月に逝った。

幸徳秋水が綴る

幸徳秋水　こうとく・しゅうすい　一八七一（明治四）年、高知県幡多郡中村町の生れ。評論家、社会主義者、無政府主義者。本名は伝次郎。大阪で中江兆民の書生になり、上京、国民英学会卒。明治三十一年、万朝報社に入社したが、日露開戦論に反対して堺利彦、内村鑑三とともに退社、「平民新聞」を発刊。三十八年、渡米、オークランドで社会革命党を結成。妻千代子と協議離婚のあと、管野スガと同居、「自由思想」を創刊。湯河原に滞在中、いわゆる大逆事件で逮捕され、一九一一（明治四十四）年一月二十四日、死刑が執行された。三十八歳。

堺利彦　さかい・としひこ　一八七〇（明治三）年、豊津藩仲津郡（福岡県）の生れ。社会主義者、ジャーナリスト。号は石渓道人、枯川漁史、由分子、枯禅、孤禅など。第一高等中学を中退。多くの小説、随筆、俳文で認められ、大阪毎朝新聞、福岡日日新聞などを経て、明治三十二年、万朝報社に入社。幸徳秋水、内村鑑三らと非戦論を唱えて退社、秋水らと平民社を結成。独自で創刊の「家庭雑誌」、「社会主義研究」にも拠り、「共産党宣言」の初訳を発表した。四十一年、赤旗事件に連座し下獄、四十三年、売文社を開業した。『家庭の新風味』、『売文集』、『楽天囚人』など。一九三三（昭和八）年一月二十三日、六十一歳で死去。

幸徳秋水

秋水の母多治

母への想い

一九一一（明治四十四）年一月一日　堺利彦宛　市ヶ谷富久町、東京監獄▼▼▼▼四谷区南寺町

愈々四十四年の一月一日だ、鉄格子を見上ると青い空が見える、天気が好いので世間は嘸《さ》ぞ賑かだろう、火の気のない監房は依然として陰気だ、畳も衣服も鉄の如く凍って居る、毛布を膝に巻て蹲まり、今は世に亡き母を懐う、▲母の死は僕に取ては寧ろ意外ではなかった、意外でないだけに猶《な》お苦しい、去十一月末、君が伴うて面会に来た時に、思う儘《まま》に泣きもし語りもしてくれたなら左程にも無ったろうが、一滴の涙も落さぬ迄に耐えて居た辛らさは、非常に骨身に徹えたに違いない、イクラ気丈でも帰国すれば屹度《きっと》重病になるだろうと察して、日夜に案じて居たのは先頃申上げた通りだ、▲廿八日の正午の休憩時間に法廷の片隅で花井君や今村君[*1]が気の毒そうな顔して、告げ知らせてくれた時は、扨こそと思ったきりで、ドンナ返事をしたか覚えぬ位だ、嘸ぞ見苦しかったであろう、仮監へ降りて来て弁当箱を取上げると、急に胸が迫って来て数滴の熱涙が粥の上に落ちた、僕は始終粥ばかり食てる、▲君も知てる通り、最後の別れの折に、モウお目にかゝれぬかも知れませんと僕が言うと、私もそう思って来たのだよと答えた、ドウかおからだを御大切にというと、お前もシッカリしてお

出で、と言捨て、立去られた音容が、今もアリ〳〵と目に浮んで来る、考えて居ると涙が止らぬ、▲其後僕が余り気遣うもんだから、いつも健康だ〳〵と言て来た、訃報の来る二三日前に受取た手紙も、代筆ではあったが「お前の先途を見届けぬ中は病気なぞにはならぬから、ソンナことを心配せずと本を読だり詩を作ったりして楽しんで居なさい」と書てあった、僕もマー病気も出なかった歟《か》と喜んで居た時だから、若しや又自殺ではないかという疑いがムラ〳〵と起ったのだ、▲僕が日糖事件[*2]のようなことで入獄したなら、仮令《たとえ》軽罪でも、母は直ぐ自殺したかも知れぬ、今度の大罪も無論非常の苦痛を感じたであろうが、併し是は僕の迂愚から起ったことで、一点私利私慾に出でなかったことだけは、母も諒してアキラメてくれたろうと思う、単に之を恥じたとか非観《ママ》したとかで自殺することのないのは、僕は、よく知て居る、▲万々一ホントに自殺したのなら、其理由は一つある、即ち僕をしてセメてもの最期を潔くせしめたい、生残る母に心をひかされて女々しく未練らしい態度に出でないようにとの慈愛の極に外ならないのだ、此理由に於ては或は匁《ママ》に伏すことも薬を仰ぐことも為しかねない気質であった、▲母の生家は郷士だか庄家だかの家で、其父即ち僕の外祖父は可なり学問のある医師であった、十七にして僕の家に嫁し、三十三歳にして寡婦となり、残された十三と五つの女の子、七つと二つの男の子の、四人の可憐な者の為めに、固く再醮《さいさん》の勧めを拒んで、四十年間犠牲の生涯を送ったのだという、其時の二歳の子が即ち天下第一不孝の児たる僕なのだ、▲ア、何事も運命なのだ、悔て及ばぬことに心を苦しめ身体を損うのは、最後まで僕をアベコベに慰め励ましてくれた母の志にも背くのだから、力めて忘れよう〱として居る、が語るに友なき獄窓の下にボツ然として居る身には、兎もすれば胸を衝て来る、我れながら弱い男だ、詩が一つ出来た。

辛亥（？）歳朝偶成

獄裡泣居先妣喪　何知四海入新陽

昨宵蕎麦今朝餅　添得罪人愁緒長

大晦日には蕎麦、今朝は餅をくれたのだ、丸で狂詩のようだけれど実境だから仕方がない、▲長々と愚痴ばかり並べて済まなかった、許してくれ、モウ浮世に心残りは微塵もない、不孝の罪だけで僕は万死に値いするのだ。

一月一日

秋水

堺　賢兄

＊1　花井君や今村君＝明治四十三年十二月十八日、獄中から秋水が三弁護人あてに陳弁書を書いているうちの二人で、花井卓蔵と今村力三郎。

＊2　日糖事件＝日露戦後の大日本精糖の業績不振による贈収賄疑獄。明治四十二年、贈賄側の日糖重役ら七名と収賄側の代議士二十四名が起訴され、有罪となる。

明治四十三年五月、いわゆる大逆事件で一網打尽の検挙の網にかかり、湯河原から拘引された幸徳秋水は、十一月二十一日、獄中で書き上げた『基督抹殺論』の出版を、堺利彦に頼んだ。同月二十七日、母多治子がはるばる土佐中村から秋水に会いにきた。気持は愛する息子の上に飛んでいたが、まず人力車にゆられ、四万十川の河口の港から船に乗り、高知港で関西汽船に乗り換えて、神戸から東海道線で東京へ、痩せて小さな老母にとって、なんと長い道のりだろう。新橋駅に出迎えた堺利彦と、お供の義兄幸徳駒太郎とともに、おそるおそる東京監獄の門をくぐる。母と子は今生の別れをした。

十二月十日、公判開始、十五日、死刑求刑。この秘密裁判のスピードは異常だった。翌一月八日、死刑判決、二十四日、死刑が執行された。

この堺への手紙は、面会の一ヶ月後に亡くなった母への、痛切な想いにあふれている。

「モウお目にかかれぬかも知れません」「私もそう思って来たのだよ」「ドウカおからだをお大切に」「お前もシッカリしておいで」。手紙に書いている別れの会話の、なんという凛とした老母の姿か。母は自殺したのかもしれない、しかし、収賄事件のような私利私欲による罪人ではないことを信じているから、悲観しての自殺はないと、秋水は思った。

息子の前では涙を見せず、気丈にふるまった母だったが。無理やり離婚のかたちをとっていても、この母と文通し、監獄への差し入れをつづけていた秋水の妻千代子が訪ねた四谷の宿で、姑と嫁は手を取り合い、声をあげてすすり泣いた。慟哭に疲れて気がすんで、翌日は千代子を慰め、励まして、すぐに中村の自宅へ、母は引き返した。

この年の師走は南国土佐にも氷雨が降りつづいた。まして遠路の往復と愛息との潔い別れの緊張で、心身ともに疲労困憊したのか、十二月二十八日、母は息をひきとった。病床の母に甥が秋水の写真を見せようとした時、「伝次さんのほんものの顔を見ちょるけん」と、横を向いたという。面会室で見た「にこにこして、かわいい顔」の息子が、母の瞼に泛かんでいたのだ。臨終当日に、早くも秋水は母の死を知らされたらしい。お昼の弁当の粥の上に、熱涙を落として、彼もまた母の俤を目に浮かべただろう。

一月二十四日の朝食の膳に小鯛を見た彼は、いよいよだと悟り、白湯《さゆ》だけを飲んで、微笑って辞世の歌を書き、従容として絞首台へ向かった。

堺は赤旗事件に連座して、四十二年九月から千葉監獄に下獄していたので、翌年のいわゆる大逆事件から免れた。九月に出獄した堺は、売文社を開業し、刑死した秋水ら十二名のあと始末や「冬の時代」をむかえた同志たちに生活手段を与えた。

志賀直哉が綴る

志賀直哉　しが・なおや　一八八三（明治十六）年、宮城県石巻に生れ、東京に育つ。小説家。東大英文科から国文科に転科して中退。学習院時代に武者小路実篤らと回覧雑誌でスタートし、明治四十三年、「白樺」を創刊した。大正三年、武者小路の従妹にあたる勘解由小路《かでのこうじ》康子と結婚。四年から我孫子に住み、十二年、京都へ転居。「大津順吉」、「城の崎にて」、「和解」などの短篇小説、長編「暗夜行路」は大正十年から昭和十二年まで断続的に発表された。戦後は「灰色の月」、「蝕まれた友情」など。文化勲章受章。一九七一（昭和四十六）年十月二十一日、肺炎のため関東中央病院で死去、八十八歳。

三浦直介　みうら・なおすけ　東京麹町区下六番町に生れる。「白樺」創刊同人。学習院卒。志賀直哉の処女創作集『留女』をはじめ、昭和十二年の『志賀直哉全集』や昭和二十四年の『志賀直哉選集』などを装幀。大正九年渡仏、滞英、帰国後は牛込区市谷鷹匠町に住む。人形の展覧会、玩具の収集などをおこなう。

武者小路実篤　むしゃのこうじ・さねあつ　一八八五（明治十八）年、東京麹町に公卿華族の第八子として生れたが、幼時父を喪う。小説家、劇作家、詩人、画家。ペンネーム無車、不倒翁など。学習院高等科を経て東大社会学科を中退。志

志賀家の人々（後列中央＝父直温、同右端＝直哉、中列中央＝祖母留女）

賀直哉らと「白樺」を創刊。大正元年、竹尾房子と同居。千葉県我孫子を経て、七年、宮崎県日向に「新しき村」を建設。十一年、房子と離別、飯河安子と結婚。『お目出たき人』、『幸福者』、『友情』、『真理先生』など。芸術院会員、菊池寛賞、文化勲章。一九七六（昭和五十一）年一月、脳卒中の発作、四月九日、尿毒症を併発し狛江市の慈恵医大分院で死去、九十歳。

長女への想い

一九一六（大正五）年七月三十一日　三浦直介宛　我孫子町弁天山▸▸▸▸本郷区曙町

今朝七時四十分慧子が死んだ、御知らせまで、

七月三十一日　　直哉

直介兄

明日二時半頃青山墓地に葬むるつもり

長男への想い

一九一九（大正八）年六月二十九日　武者小路実篤宛

我孫子町▶▶▶宮崎県児湯郡木城町石河内、新しき村

おハガキ嬉しかった　直康の病気どうなるか全く解からない　医者にも見当がつかない、五日程前とう〱脳膜炎になったというので小児科と外科の医者とがおくやみをいって帰った、明朝位の調子にいっていたが翌日になったら又よくなって今日まで持っている。少しずつ弱っては行く　医者は六つかしい方いって帰ったが実際わからない

祖母への想い

一九二一（大正十）年八月二十四日　武者小路実篤宛

我孫子町▶▶▶宮崎県児湯郡木城町石河内、新しき村

大変御不沙汰している、お変りない事と思う、祖母は枯木が枯切るように亡くなった、丁度我孫子へ帰った后で迎いが来て行ったら二時間程前に亡くなっていたが、如何にも自然な死の感じで前に左《そ》ういう場合を想像して恐れていたようなものではなかった、此事も自然に考えらた《ママ》。暫く仕事休んでいたが近かく又続きにか丶るつもりでいる、

父との対立が青年志賀直哉のテーマであり、そこから尾道での独居があり、但馬の城崎、松江滞在を経て、京都南禅寺の家へとつながる。大正三年十二月に京都で、武者小路実篤の従妹である康子《さだこ》と結ばれた。それは父の反対する自由結婚であり、自らおこなった離籍により、父子の溝はますます深まった。

夫妻はしばらく赤城に山小屋を建てて住み、大正四年九月、柳宗悦のいた我孫子に移る。五年六月八日、「白樺」同人の三浦直介にあてて、「昨夕女子安産」を知らせ、「七百八十メ目方があった　大きい声をしてよく泣く、慧子という字でサトコと読ます事は出来まいか」と文字調べを頼んだ。慧子の名を夢で見たのだという。メーテルリンクの「智慧と運命」からの命名ともいわれる。

翌月三十一日、志賀はその慧子の死を同じ三浦に告げねばならなかった。淡々とした文面の裏にひそむ烈しい悲しみは、作品「和解」の中で克明に描かれた。長女の誕生が父との和解のきっかけになればと念う祖母や義母の期待も空しかった。東京の病院で生れた初孫を見ている父、慧子を父にまた見せようとの祖母の思いがあって、我孫子から東京へ連れて行き、帰ってきた翌日の急変となる。生後五十五日目、死因は腸捻転であった。志賀夫妻、柳夫妻による奮闘と涙ののちの簡潔文である。「青山墓地へ葬るつもり」と書いているが、埋葬についても父との悶着があった。

翌年次女留女子の出生につづいて、八年六月二日、「今朝康子出産　二人共に至極健全　男なので尚喜んでいる」と、武者小路に報告し、五日には「赤児の名直康《なおやす》とした　今度は父がつけた」と書いた。ところが十一日には、四日前から赤児が丹毒を発症し、二昼夜全く眠らずに泣きつづけているという手紙を書いた。小康を得たあと、二十二日には、丹毒から蜂窩織炎、ボーコー加多児《カタル》、膿のでる耳だれ、エソとか、「小さいからだには堪えきれない事が重っているが、よく堪えていると思う」。この武者小路への二十九日の手紙は、未投函のハガキだが、とうとう脳膜炎も併発して、医者がおくやみを言う、つまりサジをなげられる場面になる。それでも、苦痛のために眉間にしわをよせた年寄りのような顔をみつめながら、嬰児の生きようとする意志を感じ、一喜一憂する親であった。

生れて三十六日後、七月八日に赤児は死に、慧子とともに青山墓地に埋葬された。この子は直哉の直と康子の康をとって、直康と命名されていたが、「暗夜行路」にも、主人公謙作と妻直子の名を一字ずつとって、直謙と名づけられた子どもの生と死の場面がある。出産後の対面、夜泣き、手術、死への過程がつぶさに描かれ、「苦しみに生れて来たような」死児が、代表作の中に入念に生かされている。

大正十年、武者小路への祖母の死の知らせも、簡潔である。しかしこの手紙にも行間の重みがある。幼少年期の直哉は祖父母によって育てられた。直哉が二歳のときから尊敬するお祖父さん子、厳しくて甘いお祖母さん子になった。十二歳のとき実母が死に、新しい母が来て、直哉における祖母留女《るめ》の存在は無類であり、繰り返し作品にも登場した。大正二年一月に上梓した処女創作集のタイトルを、祖母の名前の『留女』とし、扉に「最初の著書を／祖母上に捧ぐ」と記し、巻頭の作品に「祖母の為に」を置いた。また、大正六年生れの次女の名も、留女子とつけたほどだ。

けれども八十六歳の祖母の死に、直哉が恐れていた大きなショックはなく、「自然な死」と感じることができた。志賀にとって祖母がいなくなることが、どれほど惑乱する出来事か、しかし意外に冷静に怖れも悲哀も天寿と受けとめ、「暗夜行路」の執筆をつづける気持にきりかえることを告げている。「暗夜行路」と同じ「改造」に、「或る男」の連載をはじめた武者小路に対しての意気込みだろうか。

新聞で訃報を知ったロンドンの三浦直介の悔み状には、「『荒絹』が届いた、所々に御祖母上と君をみた」とあった。

有島武郎が綴る

有島武郎　ありしま・たけお　一八七八（明治十一）年、東京小石川水道町に関税局少書記官有島武の長男として生れる。小説家、評論家。学習院を経て、札幌農学校本科（北大）卒。アメリカ留学後、ヨーロッパ各地を歴訪。札幌に赴任し母校の教授となる。明治四十二年、神尾安子と結婚。翌年、「白樺」に参加、のちに『或る女』となる「或る女のグリンプス」などを発表。大正五年、妻は三児をのこして病没、父も逝く。『カインの末裔』、『小さき者へ』など旺盛に創作活動を再開。十一年、北海道狩太の有島農場を小作人に解放の宣言、個人雑誌「泉」を創刊する。一九二三（大正十二）年六月九日、波多野秋子と縊死した、四十五歳。

有島生馬　ありしま・いくま　一八八二（明治十五）年、武郎の次弟、里見弴の兄として、横浜月岡町の税関長官舎に生れた。画家、小説家。本名は壬生馬《みぶま》、別号は雨東生、のち十月亭。学習院を経て、東京外語伊太利語科卒。藤島武二に入門。イタリア、フランスで絵画、彫刻を学ぶ。明治四十三年帰朝し、「白樺」の同人となり、わが国にセザンヌを紹介する。大正二年、二科展の創設にかかわる。創作集『蝙蝠の如く』、『南欧の日』、『嘘の果《み》』、『海村』など。一九七四（昭和四十九）年九月十五日逝去した、九十一歳。

有島武郎と妻安子

妻への想い

一九一六（大正五）年八月二日　有島生馬宛　神奈川県平塚▶▶▶軽井沢三笠、有島別荘

子供の御世話を何共難有う。

安子からも何事も云わず僕からも何事も云わず二人は静かに永訣しました。僕は彼女の愛を虐げなかった事をうれしく思います。愛のふみにじられなかったものの死は美しいものです。今はもう悲しむべき時ではなくなりました。

安子が二月八日に書遺した文の中に、

子供達には私の死と云う事を知らせない様にしていたゞき度いと思います。御葬式などには参列させないで下さい。小さな清い子供心に死とか御葬式とか云う悲しみを残させる事はほんとに可哀相で又悪い事で御座います。ほんとにどうぞ知らせないように、お葬式の日などにはどこかへ遊びにやって下さい。女中達にも皆んなに云いつけて決して私の死を知らせては下さいますな。必ず〳〵。大きくなって知る時が参りましょう。それまでは病気と云う事にして置いて下さい。

と子供の事が書いてありました。

これは皆さんの前で読んで賛成していただきました。出来る丈け実行したいと思うのです。安子の希望は三人の子の上にあるのですから。それ故君が上京される共子供丈けは軽井沢に残して置いていたゞきたいと思うのです。山本*の子達も居る事ですから可能の事かとも思われます。然し余り淋しい様子なら連れて帰って下さい。而して葬式の日には本当にどこかに遊びにやりましょう。

安子は僕一人の介抱の許に逝きました。誰れも末期には間にあいませんでした。それが不思議にも彼女の遺志であった事を遺言の中に見出しました。

僕は悲んで居るのか喜んで居るのか分りません、多分喜んで居るのでしょう。涙の出るのは美しいものを見て出る時の涙のようです、然し遺孤の事を思うと胸がさけます。

八月二日夜十二時（於平塚）

武郎

生馬様

＊　山本＝有島武郎の妹、山本愛。愛の夫山本直良が軽井沢に三笠ホテル、浄月庵（有島別荘）を建てた。

この朝、有島武郎は軽井沢の別荘にいる父武に、至急電報を打った。「ヤスコ　ケサハジ　シヅカニユク」と。その夜、妻安子が生前愛誦した「コリント前書」第十三章を読んで、有島はひとりで棺前式をおこない、そして、この手紙を弟に書いた。

有島は明治四十一年九月、陸軍中将神尾光臣の次女安子と、日比谷公園の松本楼で見合いをした。アメリカ留学の帰途、生馬とともにヨーロッパ各地を遍歴して帰国し、母校の東北帝大農科大学（北大）に赴任していた有島は、安子との新婚生活を札幌でスタートした。東京女学館の専修科在学中にお嫁入りした若妻にとって、そそうをしても叱らないで微笑している夫を、少し物足りないなどと、ぜいたくな不満をもつくらい、優しすぎるつれ合いだった。四十四年から大正二年の三年間に、三人の男の子が生れた。

しかし、北の国での夫妻の幸せは、長つづきしなかった。安子に病魔がとりついたのだ。三年九月、突然、肋膜肺炎に冒され、一家で東京に帰り、安子は鎌倉、平塚への転地療養にはいった。安子が平塚の杏雲堂病院に入院した四年二月から五年二月までに、有島は妻へのハガキを百六十七通も書いた。西洋の少年少女の笑顔や美しい花々の写真のある絵ハガキに、病妻はどれほど慰められただろう。

四年三月、北大へ辞表を出すために北へ向かった有島は、彼を慕うたくさんの教え子に見送られ、惜しまれつつ札幌を去った。その後は妻の病状悪化に憂い、また一時の回復に愁眉をひらく日々であったが、五年六月、大喀血があり、八月二日、夫ひとりに看取られて、二十七歳の安子は逝った。

青山斎場での宮部金吾司式による葬儀・告別式で、柳宗悦夫人で声楽家の柳兼子がアヴェ・マリアと讃美歌第七を独唱した。なお、のちに青山墓地から改葬された多摩霊園の夫妻の墓碑は、ふたりの胸像をブロンズのレリーフとしてはめこんだ比翼塚となった。

有島は葬儀のあとすぐに、軽井沢の家にこもり、安子の遺稿の整理に専念した。父がタイトルを「松むし」とつけた安子の遺稿集を四百部つくり、配り本とした。内容は、安子の写真、「病床雑記」、七十一首の短歌、親族知友による弔歌・悼句と、有島の書いた「はしがき」「終焉略記」。本が出来たとき、「これは安子の内生活の最後の遺品だ。抱きしめたい程だった」と、日記に書いたとおり、一輪の松虫草の花を入れて白布の透し刷りにした表紙を、彼は抱きしめ、口づけただろう。

この手紙で、安子の遺書の一部を弟に伝えているが、それは五年二月八日、しのびよる死を覚悟して、安子が夫への長文の手紙のかたちで書いたものだった。有島は『松むし』に、その全文を収めている。夫と子どもたちと一緒に町に買物に行ったり、中島公園で遊んだり、札幌での楽しかった日々のこと。「あなたの御成功を見ないで死ぬのが残念」なこと。子どもの心に死とかお葬式の悲しみを残すのは可哀相だから、知らせないでという切なる願い。また、苦しみの末期を人に見られたくない、子どもたちには、なお更「あいたく御座いません」という遺志であった。本心は子どもたちに逢いたい、やんちゃな声も聞きたいにちがいない。

その胸のはりさけるような叫びを内に秘めて、「召し給ふ星のまたゝく遠方に　いざわれ行かむ人と別れて」と、凛然とした歌で遺書をしめくくっている。これに応えるように、有島の弔歌は、「いとし子等空うち仰げ今宵より　なれを見守る星出づらむぞ」であった。

同じ年、父武も逝去。この二人の死が転機となって、文学者有島武郎は、安子の願った「成功」の道を歩みだすが、それに先立って、妻の病気と末期のありさまを描いた戯曲「死と其前後」を発表、著作集第一輯『死』に収められた。この戯曲は、七年十月、芸術座で上演されて、好評を博した。妻の役は松井須磨子。それは演出の島村抱月が急死する一ヶ月前のことだった。そして二ヶ月後、須磨子は愛する抱月の後追い心中をとげた。愛と死、死と愛の連鎖に、有島の複雑な感懐が思われる。

梶井基次郎が綴る

梶井基次郎　かじい・もとじろう　一九〇一（明治三十四）年、大阪市の生れ。小説家。三高を経て東大英文科中退。在学中の大正十四年、同人雑誌「青空」を創刊、「檸檬」、「城のある町にて」、「冬の日」などを発表。病気のため卒論を断念して、伊豆湯ヶ島に滞在し、川端康成、宇野千代らと交際、「冬の蠅」、「闇の絵巻」、「交尾」などが生れる。一九三二（昭和七）年三月二十四日、肺結核のため大阪の自宅で没した、三十二歳。

近藤直人　こんどう・なおと　一八九七（明治三十）年、和歌山県の生れ。京大医学部学生時代の大正十年、肺結核で療養のため、紀州湯崎温泉の有田屋に滞在中、同宿した梶井に影響を与えた。

三校時代の梶井（中央）、右＝中谷孝雄、左＝外村茂（繁）

妹への想い

一九二四（大正十三）年七月六日　近藤直人宛　大阪市西区靭南通▼▼▼京都市上京区南禅寺草川町、増岡方

此の間は御不在の所を伺って残念でした　田村様にも御話していた通り妹が心配で早々帰りました。

妹の病気は関節炎だったのですが最近に結核性の脳膜炎になり私の帰った時は全く何にもわからない様になっていました　頻りにひきつけが襲って来るのですが眼を開く位の反応それから手を動かしたりする反応しか示さない様な状態でした　瞳孔は開いてしまっているし身体は冷えて来る　それを氷嚢と湯たんぽで調節するのです

三重県から姉がやって来たり兄が来たり兄弟で交る交る看病しました　医者はもう一週間というのとあと二日三日というのと二人ありましたが後者の方が正しかったのです　二日の夜に死にました

小さな軀が私達の知らないものと一人で闘っている　殆ど知覚を失った軀にやはり全身的な闘をしている　それが随分可哀そうでした、大勢の兄弟に守られて死にました

思って見れば帰ってから看病　死　葬　骨揚げ、まるで夢の様に過ぎてゆきます　もう初

七日だというのに嘘の様な気がします。

考えて見れば私は知識観念の上ではそれらを経て来たのに違いないが感情の上ではまだ妹の死にも葬いにも会っていないと思われます。

感情の灰神楽！


妹の看病をしている時私はふと大きな虫が小さな虫の死ぬのを傍に寄添っている——そういう風に私達を想像しました　それは人間の理智情感を備えている人間達であると私達を思うよりより真実な表現である様に思われました、全く感情の灰神楽です。

夕立に洗われた静かな山の木々の中で人間に帰り度いと思います。

とにかく一先ずは済みました。

明日帰る三重県の姉と子供が帰ってしまえば家の中が寂しくなるだろうと思えます　私はとにかく父母の心持が救われないと思うのです　避暑をすゝめてその留守に転居をしてやり度いと思います
妹を早く空気のいゝ処へやり度いと思いながら悪くなってしまったので転居の計画は以前からあったのですが当分は兄の家と居を同じくすることになると思います。

御手紙を出そうと思って後れました、東京を出る時あなたの所書きを持って来た積りなの

をあわて、持って来なかったらしく見当らないので宇賀*に葉書を出して問合せました
近日中に京都へ参ります
その節面晤の上お話させて貰います　草々
六日　基
直人様

* 宇賀＝北野中学、三高時代からの優等生グループの一人、宇賀康。

梶井基次郎の大正十年四月の日記に、「俺ノ新シイ生活ガ開ケタ……紀伊ノ旅ヨリ帰ッタラ家ニ新シイ妹ガ寝テイタ」とある。京都の第三高等学校理科の学生梶井は、春休みに紀州湯崎温泉（白浜温泉）へ肺尖カタルの湯治に行った。そこで四歳上の京都帝大医学部の学生近藤直人と出会い、ヨーロッパの美術や音楽や文学を語り、終生の友となった。近藤の和歌山の実家に寄って大阪へ帰ると、家には生れたばかりの赤ん坊が寝ていた。当時父母が営むビリヤード屋信濃クラブの、ゲーム取りの店員に父が生せた子で、母が入籍したという。梶井の日記は、思いがけない異母妹八重の出現で、自己刷新を決意するものであった。翌年五月の日記にも、「目覚めよ、我魂！　汝の悩は掘れば湧く、いの順三と八重子、　汝愛の何たるかを知れりや、りの何なるかを知れりや」と書いた。

順三は梶井と同年に生れた異母弟だ。梶井の八歳のとき、父の転勤で東京へ移ると、順三母子も上京した。また、五年生で三重県の鳥羽尋常小学校に転校したのは父が鳥羽造船所の営業部長になったからだが、その年、順三の母が死に、弟として引きとった。やがて一

家は大阪へもどり、梶井は名門校府立北野中学に転入したが、順三だけが奉公に出されるという差別に憤慨して、自分も退学届を出してメリヤス問屋の丁稚になったり、復学したり、梶井と両親との軋轢があった。

大正十三年、東京帝大英文科に入学。その年七月二日、八重が結核性脳膜炎で死亡した。近藤への手紙で、不幸な幼女の死との闘い、大勢の兄弟とともに看取った想い、父母への心遣いまでふくめて、「感情の灰神楽！」と、どうしようもない複雑な気持を表現した。酒飲みの放蕩者の父もモラリストの母も、子の死は哀しいにちがいない。

八月、三重県松坂の姉の家に滞在、そこでの体験が小説「城のある町にて」となった。三高の劇研究会のメンバー時代からの友人でいっしょに東大へ進学した中谷孝雄、外村茂（のち繁）らと、翌年一月、同人雑誌「青空」を創刊し、巻頭に「檸檬」を発表したが、二月号が「城のある町にて」で、この作品のはじめに、「可愛い盛りで死なせた妹のことを落ちついて考えて見たいという若者めいた感慨から」この地へやって来たとしている。濃い藍色をした伊勢湾を遠望する城跡で、ぼんやりしていると、よその子の泣き声が、ふと妹の声に聞える。はっとして、臨終のときよりも、火葬場でのときよりも、妹を「失った」ことを実感するのだった。

健康的で明るい松坂の風景と人々が、梶井の心に静けさをもたらした。私にとっての「城のある町にて」は、名古屋弁でもない関西ことばでもない、独特の伊勢弁が、なにやら懐かしい。作品の中の、たとえば「帰っておいでなしたぞな」とか「はっきり云うとかんのがいかんのやさ」とか。というのは、梶井が鳥羽の小学校についで入学したのが、三重県立第四中学、いまの宇治山田高校、それは私の母校なのだ。大正二年、この学校の校友会雑誌「校友」に、懸賞短文募集で三等になった一年生の梶井の「秋の曙」が掲載された。ちなみに二等は三年生の中山伊知郎、のちの経済学者で、一橋大学の学長の「秋の夕」だった。

あるとき、宇野千代氏から、大阪・常国寺の梶井の墓前にぬかずく写真を見せてもらった。「梶井さんをいちばん好きだったかもしれない」と、いたずらっぽく言われたことを思い出す。当時のモダンで美貌の宇野千代と、病気ながら恰幅のいい、ゴツゴツした精悍な顔の梶井のミスマッチを思い描いて、私は可笑しかった。しかし宇野さんが真面目な顔つきで写真を見ているので、笑ってはいけないのだと思った。大正から昭和にかけて、川端康成がいた伊豆湯ヶ島に、宇野・尾崎士郎のカップルや梶井ら、文学青年が入れ代り立ち代り原稿を書きに集まった。彼女が「一種の色気」を感じたという梶井との友情のなかに、恋に似た心情があったらしい。伊豆湯ヶ島で、また萩原朔太郎が自宅でダンスパーティを開いたいわゆる馬込文士村で、男と女の火花が散ったもようだ。梶井と三好達治が宇野千代を張り合う場面、尾崎が梶井の顔に火のついた煙草をたたきつけるようなシーンもあったようだ。しかし、病気が重くなって大阪へ帰った梶井とは、手紙のやりとりしかなかった。五十年(?)目の墓参により、かつての千代が梶井を想う真摯なすがたに回帰していたのかもしれない。

生田春月が綴る

生田春月　いくた・しゅんげつ　一八九二（明治二十五）年、米子市道笑町の生れ。詩人、翻訳家。本名は清平。高等小学校中退。在学中、酒造業の家が破産、朝鮮ほか各地を流浪、中央の雑誌への投稿少年となる。上京、評論家生田長江宅の玄関番となり、独学。大正六年、『霊魂の秋』、翌年の『感傷の春』により詩人の地位を確立する。翻訳『ゲエテ詩集』、『ハイネ全集』、自伝小説『相寄る魂』、遺稿詩集『象徴の烏賊』など。詩雑誌「詩と人生」を主宰。一九三〇（昭和五）年五月十九日、菫丸船上より播磨灘に投身、三十八歳の生涯となる。

生田花世　いくた・はなよ　一八八八（明治二十一）年、徳島県板野郡に生れる。小説家。旧姓は西崎、初期ペンネーム長曽我部菊子。徳島高女卒。明治四十三年、河井酔茗を頼り上京。小学校教師、婦人記者など職を転々し、「青鞜」同人となる。大正三年、生田春月と出会い、結婚。創刊時の「女人芸術」で活動する。著書『燃ゆる頬』、『女流作家群像』など。晩年は各地の生田源氏の会に奔走する。一九七〇（昭和四十五）年十二月八日逝去、八十二歳。

生田春月

生田花世

妻への想い

一九三〇（昭和五）年五月十九日　生田花世宛　菫丸船中 ▸▸▸ 牛込区天神町

今、別府行の菫丸の船中にいる。今四五時間で僕の生命は断たれるだろうと思う。さっき試みに物を海に投じてみたら、驚くべき迅さで流れ去ってしまった。僕のこの肉体もあれと同じように流れ去るのだと思う。何となく爽快な気持がする。恐怖は殆んど感じない。発見されて救助される恥だけは恐しいが。

今日は田中幸太郎君が宿にたずねてくれて、六時に今橋のつる家というちへ行って、晩飯を食べた。座上、たま〱佐分利公使の自殺[*1]の話が出た。その表面に出ない或る原因を聞いて、成程とうなずいた。僕は詩にもかいた通り、女性関係で死ぬのではない。それは附随的な事にすぎない。謂わば文学者としての終りを完うせんがために死ぬようなものだ。たしかに、此上生きたなら、どんな恥辱の中にくたばるか分らないのだ。それも然し、男らしい事かも知れないとは思う。が、僕は元来、男らしい男ではない。だから、これが僕らしい最期で、僕としての完成なのだと思う。

僕の生涯も愈々茲《ここ》まで来たのだと考えると、実に不思議な朗らかな寂しさを感ずる。

今、神戸に船が着く。相客のないうちにと急いでかく。

今、原稿其他家事上の事などで、一寸気の付いた事だけを記しておく。大体は整理しておいたが、何分今度は急いだものだから沢山仕残した事がある。○訂正用台本のあるものは、それによって改版の際訂正すること。○満洲郎の詩集は、第一書房の長谷川君[*2]にたのめば、或は引受けてくれるかもしれない。同君宛の手紙にはその事を書かなかったけれど、同君ならば義侠心からでも相談に乗ってくれそうだ。自費出版の場合、あれだけで金が足りなければ、どうしても僕の遺稿の方の収入をさいてほしい。僕の供養はそれだけだ。序文を書く事が出来なかったのは残念だが、いつか文章倶楽部に出した彼の詩への序の言葉と、いろ〳〵の感想中にかいた彼についての言葉とを用いてほしい。○新潮社の前借は、二千六七百円位と思う。（今度は三百円借りた、それも入れて）或いはもっと尠いかもしれない。日記をみれば大体わかるだろう。今度の近代詩人集、猫橋でうまい工合に行けば殆んど返せるかと思う。返せなければ、ハイネなどのために借りた六百円だけはその出版される迄保留して貰うこと。詩の作り方[*3]も印税にして貰うこと。その他今後の出版からは、悉く印税が入るわけだから、まず〳〵やって行けるかと思う。これらの事では中根さん[*4]にくれ〴〵もたのんでおいた。加藤君[*5]にも配慮をたのんでおいたから、面倒な場合には、同君にたのんで話をして貰うこと。○春秋社には四百円位借りあり、小説ハイネはついに書けないでしまってすまないのだが、何かの本でかえせれば何よりだ。春秋社にハイネの訂正した分が行っている。今度ハイネを出す場合、それによって多少訂正ができる筈だ。○僕の原稿の校正その他、石原君に万事相談してほしい。同君にもたのんでおいた。○原稿は散逸しないように、大切にしてもらいたい。○石川先生[*6]にも手紙をかいた。ことによったら僕の詩の伏字をどの程度にするかについて先生に閲覧を願わねばならぬかもしれない。よくたのんで下さい。○鳥取の自由社のための講演にはとうとう行けなかった。あのときは、行ってから、そのかえりでと思ったのだが、もうそれが堪えられなくなった。第一、今講演するとなると、いかに自分が破滅しなければならぬかを、即ち白き手のインテリの悲哀についてしか云えないのだ。そんな事をいうのは無駄なような気がするのだ。だが、鳥取の村上氏と尾崎さんとにはあざむいたようですまない。お詫びを云おうかと思ってやめた。よく詫びて貰いたい。○西島治子さんには実に世話になった。蔭日向なくよく働いて尽してくれたので、あの子の一身上の責任をなげうつのをすまなく思う。あなたのよき助手として、面倒を見てやってくれなくてはならない。○諸友人には一々訣別の言葉を書かなかったが、よろしく〳〵皆様に伝えて下さい。○同封の百円はつかい残りの金だ。何かの足しにはなるだろう。その他いろ〳〵書きたいがもうよそう。

さらば幸福に、力強く生きて下さい。僕はあなたの悪い夫であった。どうかこれまでの僕の弱点はゆるしてもらいたい。今にして、僕はやはりあなたを愛している事を知った。さらば幸福に。

五月十九日夜　　　　　　　　　　春月生

生田花世様

＊1　佐分利公使の自殺＝駐華公使佐分利貞夫が、帰任中の昭和四年十一月、箱根の富士屋ホテルにてピストルで死亡。死因に疑惑の報道があった。
＊2　長谷川君＝劇評家、詩人、出版人、長谷川巳之吉。大正十二年第一書房を創業した。
＊3　詩の作り方＝大正七年九月新潮社刊、生田春月著『新しき詩の作り方』。版を重ね、昭和四年三月には八十三版を数える。
＊4　中根さん＝新潮社の支配人（のち顧問）の中根駒十郎。
＊5　加藤君＝無名時代から春月と親交深い小説家、加藤武雄。新潮社で「文章倶楽部」「文学時代」を編集した。
＊6　石川先生＝社会主義思想家、石川三四郎。春月は敬愛する石川が創刊した「ディナミック」への寄稿に力を注いだ。戦後、日本アナキスト連盟顧問。

平塚らいてうの新しい女の雑誌「青鞜」（大正三年一月号）に掲載された西崎花世の「恋愛及生活難に対して」という感想文を読んで感激の涙をながした若い詩人生田春月は、彼女の雑誌投書のころから記者時代にかけて師匠格の詩人河井酔茗の家で見合いをした。

その日は吹雪だった。帰りの電車賃を、財布をはたいて春月に渡してしまった花世は、下駄の鼻緒が切れて足袋はだしになり、雪まみれで歩いて帰った。すでに書いてあったらしい、「我、汝を愛す」にはじまる便箋二十枚におよぶ春月のプロポーズの手紙が届いたのは、その二日後だった。

徳島出身の文学少女は、上京して体当たり的に働いていた。らいてうを訪問したときは、寄席の下足番をしていると言っていた。春月が感動したのは、その貧しさと身体的コンプレックスを赤裸々に書いた文章だったのだ。彼女は極端に小柄で、美しくなかった。晩年に私が知った花世さんも、リスのような感じがした。

美醜をこえての熱心な文のやりとりのあと、その年三月、牛込の長屋で新世帯をもった。中村武羅夫、加藤武雄、水守亀之助を招いて、豚肉を小さなフライパンで煮て、一升の酒で結婚披露をしたが、客の目に勝手道具らしいものは皆無だった。

彼は年上の弱い女を救うつもりの結婚だったのが、逆に神経質な詩人のおもりをする母、姉、看護婦の役を演ずる強い女の正体を見ることになる。内向的な彼とちがって、彼女は世話好きの積極性を発揮して、作家づきあいも盛んだった。

独学、辛苦の人は、ハイネの詩人といわれるようになり、『霊魂の秋』『感傷の春』など、売れないはずの詩集が売れて、有名詩人になっていく。そして二人の間にひびが入った。

大正十年に刊行した長編小説『相寄る魂』の登場人物も自死自葬論を唱えていて、春月は早くから死を想う人であったが、もっとも彼を死に近づけたのは、昭和三年一月、彼の主宰した「詩と人生」の編集に協力し、彼の理解者であった西崎満洲郎（花世の弟）の急死。また、「詩と人生」への投稿者である静岡の女と神戸の女との恋愛関係、花世との激烈な火花であった。

昭和五年四月、新潮社の『世界文学全集』にはいるズーデルマンの「猫橋」を訳しおえた彼の、あまりの疲労ぶりを見かねた花世が、「修善寺温泉へ行っておいでなさい」と勧めた。すなおに「そうする」と答えて、五月十四日、春月は家を出た。その夜、静岡の愛人と名古屋で合流し、四日市に近い湯の山温泉に一泊した。宿の窓辺にせまる御在所岳の新緑が、目にまぶしかっただろうか。むろん宿帖には匿名をつかったのに、名刺を落としていったので、死後、ばれてしまった。十六日、大阪に着き、翌日、神戸の愛人を訪ねて、内心ひそかに、別れを告げ、ひとりで大阪堂ビルホテルに泊り、翌日は花屋に投宿して、はじめて遺書に手をつける。

五月十九日、米子の小学校時代の親友で大阪毎日新聞社広告部長の田中幸太郎と、最後の晩餐をして、わびしい天保山《てんぽうざん》の港から別府行きの菫丸に乗船した。天保山といえば林芙美子が大阪放浪のときの仮寝の安宿もそこにあった。いま、そのあたりの変貌ぶりといったらない。林立する高層ホテル、大観覧車、海遊館、U・S・Jなんていう大阪のベイ・エリアの煌きに、春月や芙美子の悲哀はうつらない。船が神戸港に着くまでに、妻への最後の手紙=遺書をしたためた。

そして深夜、瀬戸内海、播磨灘で投身自殺をとげた。最後の詩「海図」が遺されていた。二十五日、牛込の多門院で告別式。『相寄る魂』のモデル問題で絶交していた佐藤春夫も参列した。この日にあわせて、『象徴の烏賊』が、長谷川巳之吉の第一書房から上梓された。

六月十一日、死体発見の報知があり、花世は春月の弟とともに小豆島坂手港へ急行した。北原白秋の別れた妻江口章子《あやこ》も同行した。春月は彼女と京都駅で五月二十日に逢う約束をしていたのだ。逢引き前日の死で、章子は死におくれる結果となった。

花世はこの遺書を見るまで、夫は情死にちがいないと思っていたのに、「やっぱりあなたを愛していた」という最後の一言に愕き、死ぬのは家庭不和や恋愛のためではなく、死による文学の完成の意志をよみとることができた。彼女は遺骨をとりに行く船から、赤い花と頭に挿していたヘヤピンを、播磨灘の海中に投げて、彼と訣別した。

戦後、生田源氏の会という彼女の講座ができ、都内各区と湯河原や東村山へと、一ヶ月に三十ヶ所も、本とノート、貴重品などをいれた風呂敷包みを振り分けにして、カタカタ下駄の音をならして走りまわった。自作の詩歌や評伝の原稿などの荷物に押しひしがれて、ドアも開けにくい四畳間の、環六沿いの彼女のアパートと私の部屋とは、神田川をへだてた近所で、同じ銭湯仲間であった。

平塚らいてうや、わたしら、「新しい女」は結婚しても入籍しなかったのよと、老いた胸をはって私に言ったことがあるが、夫の死後、全集編集に奔走しようが、本が売れようが、春月の遺志に反して、印税収入は彼女のものではなく、また、「原稿は散逸しないように、大切にしてもらいたい」ともあったが、彼女には原稿も何も渡されなかった。墓も別々だ。子のいない内縁の未亡人は、かなり気張って生きざるを得なかった。

死の二ヶ月前、昭和四十五年十月、八王子郊外の野猿峠の光照寺に、「ふるさとの阿波の鳴門に立ちいでてすくひあげたる白き砂はも」という歌碑が建てられた。カンフル注射を打ちながら抱きかかえられて、除幕式に登場した小さな老女の頬は、涙にぬれていた。

萩原朔太郎が綴る

萩原朔太郎　はぎわら・さくたろう　一八八六（明治十九）年、群馬県前橋北曲輪町に開業医萩原密蔵の長男として生れる。詩人。熊本の五高、岡山の六高、慶大を中退。上毛マンドリン倶楽部を設立、詩作と音楽生活を併行する。大正五年、室生犀星と「感情」を創刊。詩集『月に吠える』、『青猫』、『純情小曲集』、『氷島』、アフォリズム集『新しき欲情』、『虚妄の正義』など。八年、上田稲子と結婚、二女が生れるが、昭和四年離別、十三年再婚、翌年離婚。十五年、北村透谷賞受賞、明大講師。一九四二（昭和十七）年五月十一日、肺炎のため世田谷代田の自宅で死去、五十六歳。

室生犀星　むろう・さいせい　一八八九（明治二十二）年、金沢市の旧加賀藩士小畠の家に生れたが、雨宝院住職室生真乗と内縁の妻の養嗣子となる。詩人、小説家。本名は照道、俳号は魚眠洞。金沢高等小学校中退。地方裁判所、新聞記者などを経て上京、窮乏し故郷と東京往復を繰り返す。北原白秋、萩原朔太郎らと交友し、『愛の詩集』、『抒情小曲集』などを刊行。大正八年の『幼年時代』から小説家に転身。『性に目覚める頃』、『あにいもうと』（文芸懇話会賞）、『戦死』（菊池寛賞）、『杏っ子』（読売文学賞）、『蜜のあはれ』、『かげろふの日記遺文』（野間文芸賞）、『わが愛する詩人の伝記』（毎日出版文化賞）など。芸術院会員。一九六二（昭和三十七）年三月二十六日、肺癌のため虎ノ門病院で死去、七十二歳。

朔太郎と家族（前列右＝父密蔵、同左隣＝母ケイ、後列右より朔太郎、妻稲子、長女葉子）

父への想い

一九三〇（昭和五）年七月八日　室生犀星宛

前橋市北曲輪町 ▶▶▶ 東京市外大森馬込町谷中

御詩集ありがとう。混雑もやっと一通り方がついて、今日あたりから少し宛《ずつ》自分の時間が出来て来たので、早速ざッと拝見した。

内容については改めて批評する迄もない。装幀は意外に面白く上出来だった本文の青紙も善いが、色がも少し淡色だったらと思う。

見返しの絵がたいへん面白い。


父を失ってから急にがッかりした。

杖を失ったような不安と、或る責任の重さを感じている。僕としては益々天涯孤客の寂寥を感ずるのみだ。遺産は予想通り、極めて僅かしかない。僕と母と妹と子供二人が、その少《すこし》許《ばかり》の利子で生計を支えて行く未来を考えると、二重に人生が憂鬱になる。

忌でも明けたら早速上京して御逢いしたい。今度は将来のことについて、色々君に相談したい件がある。

香奠を御多分にありがとう。拾円もくれた人は、君以外に二人しかなかった。

萩原朔太郎

犀星兄、

奥さんに丁寧によろしくたのむ。

昭和五年の夏は、ことのほか暑かったらしい。

六月三十日、前の日に前橋から東京へ出た萩原朔太郎は、銀座のビヤホールから室生犀星に電話で呼び出しをかけた。暑い、混雑した店内で犀星を待つうちに気分が悪くなり、銀座と新橋の間を二三度往復し、またビヤホールの入り口で待ったが、来ない。犀星の姿をもとめる不安げな朔太郎のギョロリとした目のうごきが止まらない。彼はある胸さわぎがして、前橋の自宅へ電話をすると、父が「正に死せんとしている」というので苦痛をおして汽車に乗った。翌朝、犀星に父逝去の通知と、きのうの無駄足をさせた詫び状を書いている。

それから一週間たって、この手紙は、紹介をたのまれていたが父の危篤つづきの大混雑で書けなかった犀星の詩集『鳥雀集《とりすずめ》』のことにはじまり、父を失った不安と寂寥と憂鬱を、あらためて犀星に告げたものである。

朔太郎の父萩原密蔵は大阪市八尾の旧い医家に生れ、東大医学部をトップで卒業、群馬県立病院に赴任ののち、前橋で開業医となった。長男の朔太郎は父を継がず、中学時代に与謝野晶子の『みだれ髪』の影響をうけて、文学少年として育っていった。五高（熊本）に一年、六高（岡山）に一年在学し、以後、東京放浪の生活がはじまる。慶応大学予科に入学したが、父が喀血し、退学。京大と早大の試験にも挑んだが不首尾だった。

大正二年、前橋に帰り本気で文学を志向し、北原白秋に認められて、詩人としてデビューする。

昭和の初め東京府下荏原郡馬込村では、朔太郎の畳敷きの書斎がダンスホールとなって、宇野千代や広津和郎らが踊りにきていた。妻の稲子は、宇野千代に見とれて、まねをして、はでな洋装、モダン・ガールふうの断髪に変身した。そして、大学生との恋に走った。

昭和四年、妻と別れた朔太郎は、娘二人を連れて前橋の家へ帰り、気の強い母に孫を育ててもらう事態になった。母は不倫の嫁を憎むあまり、居候の孫を蔑み、虐待した。長女の葉子の二歳下の妹は、幼時に外出がちの母親をもとめて泣き過ぎて、高熱による知能の遅れが出ていた。朔太郎の夜は、娘たちに「不思議の国のアリス」などのお話を聞かせて眠らせたあと、飲みに出かけては、泥酔して母の怒りをかう。母と息子の愛憎劇は、その後もつづくことになる。

尿が出なくなる摂護腺炎という病気の父は、いかに名医でも自分の身体は癒せない絶望のなかで、痛みに耐えていた。息子にとっても、父のやせ細っていく身体に、死を想うほかどうすることもできなかった。

七月一日の犀星あての手紙では、銀座へかけつけた彼をスッポカシタおかげで臨終に間にあったように読めるが、萩原葉子の証言（「父・萩原朔太郎」）では、東京の定宿である麻布の乃木坂倶楽部から、「麦藁帽を少しあみだにかぶって、駆けつけて来た時には、祖父の顔には、もう白い布が掛けられていた」ということだ。すでに朔太郎の母と美しい妹たちの愁嘆場があったのだろう。

大正二年に手紙を書いたのが最初で、室生犀星との友情は終生つづいた。二人は詩誌「感情」を発刊し、転々とした住まいも避暑地も、たえず接近していた。詩人という仕事への不満をもつ朔太郎の母は、小説家に転身した犀星を、誰よりも信頼していた。

与謝野晶子が綴る

与謝野晶子　よさの・あきこ　一八七八（明治十一）年、堺県（大阪府堺市）甲斐町の菓子商駿河屋に生れる。歌人、詩人。本名志よう、初期の号は小舟、白萩など、旧姓は鳳《ほう》。堺女学校（府立泉陽高校）卒。明治三十三年、「明星」に短歌を投稿し、与謝野鉄幹、山川登美子と出会う。翌年上京、『みだれ髪』を刊行、鉄幹と結婚する。十二人の子どもを生む。外遊中の夫を追って、渡仏。『舞姫』、『春泥集』、『夏より秋へ』などの詩歌集のほか、小説、評論、童話、古典の新訳、歌壇選者、大正期「明星」の復刊、文化学院の設立などで活躍した。一九四二（昭和十七）年、脳溢血に狭心症、尿毒症を併発し、五月二十九日、荻窪の自宅で永眠、六十三歳。

西村アヤ　にしむら・あや　一九〇八（明治四十一）年、和歌山県新宮の生れ。父は西村伊作。教育者、英米文学者、文化学院教授・校長。文化学院文学部およびマウントホリヨーク大学卒。昭和十四年創刊の「月刊文化学院」の編集発行人で理学博士の石田周三と結婚。著書は少女時代の『ピノチヨ』、ワルダー『長い冬』の翻訳、『私たちのエチケット』など。一九八八（昭和六十三）年二月十八日、脳出血のため市川市の自宅で逝去、七十九歳。

晶子と寛

与謝野寛への想い

一九三五（昭和十）年三月末　西村アヤ宛　豊多摩郡井荻村字下荻窪 ▼▼▼▼ 五反田

あや様
今日はお手紙下されうれしく存じ申し候。さばかりの御心配下され候にもあたいせぬ私をとてまた涙こぼれ候　さ候えども先日も万里《ばんり》様が
　人を見て夫人烈しく泣きたまふ　われは愁へず夫人をしれば
とこのようなるうたをおよこし下されし私なりと　自らたのまるゝことなきこともあらず（かゝること人にはおいい下さるまじく）　必ずふたゝび人間たらんとおもい居り候。なきがらに今は過ぎぬことも余りに久しきとあわれに候。雪の日などはことにさびしく候。
（後略）

晩年の与謝野寛は、妻晶子とともに日本各地への旅に出ていた。最後の旅は昭和十年二月、伊豆への吟行であった。三月、気管支カタルで慶応病院に入院、急性肺炎を併発して二十六日、六十二歳の生涯を閉じた。生前の寛は「明星」から離れた失意の人、中傷の嵐に耐えた人であったが、何百通もの弔電の数に荻窪局を

てんてこ舞いさせたという。二十八日、高島屋の演出で生徒たちの自画像の飾られた教室で行なわれた文化学院の初代文学部長与謝野寛の学院葬には、千五百人の列がつづいた。棺は多摩墓地の赤土に埋められた。その時、春の雪が降りはじめていた。

この手紙は西村アヤの悔み状への長文の返事のはじめの部分である。文中の歌は、「明星」を守り通した平野万里が通夜のとき応接間で見た光景だった。「人を見て」の人はアヤのことであり、向き合って立ったまま晶子とアヤは挨拶なしに声をあげて泣いた。そして晶子はひと言「主人はあなたが好きでした」と呟いた。傍らで堀口大学が「お泣きなさい、奥さん、お泣きなさい」と言っていた。

晶子とアヤの話は、与謝野夫妻の紀州新宮行きの場面にさかのぼる。大正四年三月、九人目の女児エレンヌが生れたばかりのとき、沖野岩三郎牧師（小説家）のいた新宮教会で、大きなひさし髪の晶子が演説をして、西村家に泊った。余談ながら、その四月には寛が京都で衆議院議員の選挙に立候補、晶子も応援演説にかけつけたが、得票数が九十九票とかで落選した。それはともかく「よさののおじさん、よさののおばさん」と呼んだ幼少のアヤの父西村伊作は、辺境の地新宮において、生活を芸術とする異彩の画家、建築家、工芸家、詩人であった。同じ新宮の佐藤春夫から借りた『ピノッキオの冒険』の英訳本を、娘に読みきかせ、アヤが作品にまとめて挿絵も描いて、キンノツノ社から出版された。五年生の著者は天才少女として、大正九年七月号の「金の船」に、一ページ広告が載った。

その年、西村はアヤが女学校にあがる年齢を考えて、新しい自由な男女共学のスクールの創設を企てて上京、与謝野家での親たちの相談のあいだは、大勢の子どもとアヤは銀行ゴッコなどをしていたという。また、軽井沢から古風な馬車でゴトゴト行く千ヶ滝星野温泉の西村別荘でも、夫妻は相談にのった。翌年四月、駿河台に文化学院が創立されて、西村の夢は実現した。与謝野夫妻をはじめ、一流の画家、音楽家、文学者の集まった職員室は、洋服に大きな帽子のマダムアキコのサロンのようであった。

アヤがこの手紙を紹介したのは、昭和十七年十二月の「月刊文化学院」の、「つながりて居し」の文中であり、すでに結婚して、のちの学長石田アヤの時代である。しかし「遠くに行ってお了いになって過去も未来もなくなった先生は石田アヤでは思い出して下さらないような気がして」この文にだけ、あえて旧姓を使ったという。このタイトルは、病床の晶子が小豆色に金を刷いた小色紙に、「いつしかと椿の花の如くにも　つながりて居し君とわれかな」と書いてアヤに与えた歌による。

　この「月刊文化学院」は晶子追悼号なので、ここで晶子の死にもふれておきたい。十七年五月二十六、七日、重態で夢うつつの晶子を、三人の画家、石井柏亭と有島生馬と正宗得三郎が「病床の晶子夫人」という題でスケッチした。二十九日、多くの子と孫に囲まれて、永眠、お納戸色の裾模様に着がえ、化粧された顔は安らかだった。

　六月一日、青山斎場での葬儀は鞍馬の信楽上人が導師をつとめ、高村光太郎が「五月の薔薇匂ふ時　夫人しづかに眠りたまふ……」と、告別の詩を朗読し、堀口大学が「挽歌」を朗詠した。しずまった葬儀場に、「後学」と名のった光太郎と、「み弟子の末」大学の声が、いんいんと響いただろう。柩は多摩へはこばれ、夫寛の隣りに赤土が高く盛り上げられ、比翼塚となった。晶子は「今日もまた過ぎし昔となりたらば　ならびて寝《い》ねん西のむさし野」と、生前に墓碑歌を作っていた。

　ふたたび寛の死の時点にもどる。寛の雑誌「冬柏」の昭和十年四月追悼号には、佐藤春夫の「噫一代の詩魂いま春はあけぼの紫の雲のまにまに天に帰り給へり」にはじまる弔詞が載っている。それに関して、長男光さんの回想によると、有名になった北原白秋が、門人代表で弔辞を読ませてくれと申し出たが、むかし「明星」を脱退した謀反の男だからと、皆が反対した。しかし、「一番のお弟子さんではないか」、といった母の一言で、白秋は感激して弔辞を読んだが、「冬柏」には掲載されなかった。「みんな尻の穴が小さいねえ、けちくさいねえ」ということばに、母晶子の決断の有りようを確信する光さんの声が聞えるようだ。

宮本百合子が綴る

宮本百合子　みやもと・ゆりこ　一八九九（明治三十二）年、東京小石川に生れ、父中條精一郎の赴任地札幌に三歳まで。小説家。本名ユリ。日本女子大英文科予科を中退。「貧しき人々の群」で十七歳の文学的出発。大正七年、アメリカ留学、荒木茂と結婚、のち離婚。昭和二年、「伸子」を書き終えて湯浅芳子とソヴェトにゆく。ヨーロッパを経て、五年帰国、プロレタリア作家同盟に参加。「働く婦人」編集責任者になり、宮本顕治と結婚。検挙と獄中の病気と執筆禁止の繰り返しの間に、「小祝の一家」、「冬を越す蕾」、「乳房」、「杉垣」など小説、評論を多作する。戦後、新日本文学会、婦人民主クラブ設立のために働く。「歌声よ、おこれ」、『播州平野』、『風知草』（毎日出版文化賞）など。完成した『道標』を校正中、一九五一（昭和二十六）年一月二十一日、電撃性髄膜炎菌肺血症のため、駒込林町の自宅で死去、五十一歳。

宮本顕治　みやもと・けんじ　一九〇八（明治四十一）年、山口県光市の生れ。評論家、政治家。東大経済学部卒。在学中、芥川龍之介を論じた「敗北の文学」が「改造」の懸賞文芸評論の一等になり、各誌に文芸評論を発表。昭和六年、作家中條百合子を知り、共産党入党の推薦者となり、翌年、結婚。直後、一斉検挙があり、地下活動にはいる。八年、逮捕され、法廷闘争をつづけ、二十年六月、刑が確定、網走に移送された。戦後は党再建に活動。『批判者の批判』、『百合子追想』、『宮本百合子の世界』など。

百合子と顕治

夫への想い

一九三七（昭和十二年）年八月二十九日　宮本顕治宛

国府津 ▸▸▸▸ 東京拘置所

一九三七年八月二十九日　日曜日　晴
　顕治様　　国府津。

きょうは、爽やかな風がヴェランダの方から吹いて来ている。セミの声が松の木でする。海の方から子供らが水遊びをしているさわぎの声が活々と賑やかにきこえる。——平凡な午後です。

　私は今日書こうと思っていた仕事がすこし先へくりのばされたので、長テーブルの前で風に吹かれつつ、この空気を貴方に吸わして上げたいと沁々思いながら、裏から切って来たダリアの花を眺めているうち、ああ、きょう、あの手紙を書こうと思い立って、これを書きはじめました。この手紙は謂わばすこし風がわりの手紙です。何故ならこうして書いている私自身が、いつこれを貴方が御覧になるかということについては全く知らないのだから。

　それにもかかわらず、私はこの手紙は必ずいつか平凡な体も心もごく平穏な一日に貴方に書いて置こうと思っていたものです。このことを思い出したのはもう随分久しいことになる。

私が市ヶ谷にいた頃からです。

健康の力が、私の希望するほどつよくないということ、しかし、私たちは斯くの如く夾雑物のない心で歴史の正当な進展とそこに結びつけられている自分たちの生活を愛し、互の名状しがたい愛と共感とを愛している以上、或場合、私の生きようとする意志、生きる意味を貫徹しようとする意志と肉体の力との釣合が破れることが起るかもしれない。それでも、私はやはり人及び芸術家として、自分の希望する生きかたをもって貫こうと思っている。芸術家に余生のなきことは他の、歴史に最も積極的参加をする人々の生涯に所謂余生のないのと、全く等しい筈であると思う。私たちに余生なからんことをと寧ろ希いたい位のものです。

私はこういう点では最も動ぜず、正当な理解をもつ幸福にある。それでね、私はいつどのように、どこで自分の生涯が終るかということは分らないが、最後の挨拶とよろこびを貴方につたえないでしまうということはどうも残念なの。私は、こうして互に生きていること、而して生きたことをこのように有難く思い、よろこび、生れた甲斐あったと思っているのにその歓喜の響をつたえないでしまうのは残念だわ。このようによろこぶ我々の悦びを、何とか表現せずにしまうということは。

よしんば永い病気で生涯が終るとしても私があなたに会えたことに対する、この限りない満足とよろこびとは変らないであろうし、ボーとなってしまってポヤッと生きなくなってしまうのなんかいやですもの、ねえ。

ああ、でもこの心持を字であらわすことは大変困難です。体でしかあらわせない。私たちを貫く知慧のよろこび。意志の共力の限りない柔軟さ。横溢して新鮮な燃える感覚。愛の動作は何と単純でしかも無限に雄弁でしょう。互の忘我の中に何と多くの語りつくせぬものが語られるでしょう。

私と貴方との境の分らなくなったこのよろこびと輝きの中で、私の限りない挨拶をうけて下さい。

貴方について私は何の心配もしない。貴方は私のように不揃いな出来ではなくて、美しい強固さと優しさと知に充ちている。私はその中にすっぽりと自分を溶かしこむこと、帰一させてしまえるのがどんなにうれしく、楽しい想像だか分からないのです。もう自分というものがあなたと別になくて、間違う心配もなくて、離れている苦しさもなくて、一つの親愛な黒子《ほくろ》となってくっついているという考えは、私を狡猾なうれしさで、クスクス笑わせるのです。

そして、もう一つ白状しましょうか、私の最大の秘密を。それはね、この頃私の中につよくなりまさりつつある一つの希望。それは、私がさきに、あなたの中にとび込んで黒子になってしまいたいという動かしがたい願望です。だから、あなたがこの手紙を御覧になるときはその点でもユリ奴《め》、運のいい奴！　と私をゆすぶって下すっていいのです。ホラね、と私はほくほくしてくびをちぢめて益々きつく貴方につかまるでしょう。
涙をおとしたり、笑ったりしてこれを書いて、海上を見渡すと実によく晴れて、珍しく水平線迄が澄みきっている。
いかにも私たちの挨拶の日にふさわしい。ではこの早く書かれた手紙を終ります
わが最愛の良人に。　　　　　　　　　　　　　　　　　　　　ユリ

簡潔な結婚あいさつ状がある。「此度われわれは結婚致しました。右御挨拶申します。一九三二年二月　宮本顕治　中條百合子　本郷区動坂町三六八」。妻は三十三歳の女流作家、夫は二十三歳の新進評論家。前年、百合子は顕治らのすすめで日本共産党に入党し、「働く婦人」の編集長だった。結婚間もない四月、ふたりは小田原に近い国府津へ行った。丸の内に建築事務所をもつ斯界の有力者である百合子の父が海辺に建てた別荘だった。顕治には一回きりの国府津行きだったのだろう。

たまたま一人先に帰宅した百合子を待っていたのは、駒込署の特高刑事だった。顕治は、小林多喜二らと地下活動にはいる。つまり新婚生活は二ヶ月で奪われてしまったのだ。翌年、顕治も検挙され麹町署に留置された。面会も手紙も許されない一年間のあとの第一信から、昭和二十年十月、治安維持法が廃止されて、顕治が網走の鉄格子から解放されるまで、千通にのぼる手紙を書いた。二人の往復書簡『十二年の手紙』のはじまりであった。

昭和十二年六月、顕治は市ヶ谷刑務所から新築の巣

鴨の東京拘置所に移された。日本が中国との戦争に突入したこの夏、顕治は腸結核を患い、五十八キロあった体重が一ヶ月で十キロ減り、生命も危ぶまれた。百合子も四回の検挙で、拘留中に重い心臓脚気を病んでおり、この時、顕治との思い出の国府津に滞在していた。

この手紙は全集では、遺書として収められている。それにしても病気がちとはいえ三十八歳の百合子が、どうして遺書を書いたのだろう。なぞはこの日の日記が解いてくれた。「余り爽やかで海が綺麗でじっと見ているうち、思い立ってかねてから考えていた良人への手紙を書く。涙流る。ほほ笑まれもする。愛情というものの微妙さ。豊富さ。死を越えしむる力」。そして欄外には「きょうは爽やかな風が吹く。今度こっちへ来てこの空気の美味さにほとほとまいる。……宮本にこの空気をすわせ、ここに置いたら！　畜生」とある。監獄の内と外に隔てられてはいるが、ふたりが結合したことの有難さ、歓喜の響きをつたえることなく生涯を終えることは残念だからという想いを書き、戦時下での死の予感をもったこの手紙（遺書）は、なぜか投函されなかった。

この前後、二十六日には二十七信を送り、三十日から二、三日上京して顕治に面会し、九月一日に二十八信を出しているが、遺書のことは言及していない。夫に内緒のまま保管されていたもようだ。

遺書のあと、十月十七日、顕治の誕生日を記念して、ペンネームを中條百合子から宮本百合子と改めた。これも夫への愛情と権力への抵抗を確信する自己表現であった。しかし年末には中野重治らとともに、執筆禁止の措置がとられ、作品発表の場を奪われた。

十六年十二月、太平洋戦争開戦の翌日、理由不明で百合子はまた検挙され、翌年七月、風通しの悪い暑熱の監房で熱射病に罹り、昏倒した。人事不省のまま執行停止で出獄、三日後、意識はもどったが、視力と言語の障害がのこった。やはりまた顕治の誕生日のことだが、視力のもどらない百合子が三編の詩の手紙を、手さぐりで十三日間かけて書いた。たとえばいちばん長い「祝い日」は、「愛するものの祝い日に／妻たるわたしは／何を贈ろう。　思えば　われらは無一物／地道に渡世するおおかたの人同然に／からくりもないすっからかん。／健康も余り上々ではない。」と、明快に歌いだし、「今宵も　ひとり私は灯のそばに坐り／ひとしお輝く光の輪につつまれる。／やがて薔薇も匂いそめ／単純な希いが／たかまり／凝って／光とともに燃ゆるとき／愛するひとよ／御身の命も亦溢れ／われら鍾愛の花の上へ／燦然とふり注ごう。」と格調高く閉じられている。精神も肉体も過酷な状況下に、百万言の吐露よりも、詩による切実な愛の表現が見えるではないか。

　戦後の百合子の活動期、取り戻された夫との生活と、新たな出発を目指した『風知草』が、左翼少女っぽかった私の感動的読書体験の記憶につながる。後年、西武美術館での宮本百合子展の手伝いをしたときだったか、この本の扉に記された夫への献辞を見た。「顕治様　一九四七年六月　わたしは　この風知草を愛します　一生に二度かくことのない作品として愛します　あんぽん」。この「あんぽん」という署名と、その頃の写真で茶の間でくつろぐ二人の笑顔がかさなり、私はおもわず頬がゆるみ、展示飾り付けをする手が震えた。七厘のアミにのせた餅のひとつを肥った百合子が両手でひっぱっているシーンである。献辞から三年半後、百合子の生の闘いは終った。

高村光太郎が綴る

高村光太郎　たかむら・こうたろう　一八八三（明治十六）年、東京下谷区に木彫師高村光雲の長男として生れる。彫刻家、詩人。初期の筆名は砕雨。東京美術学校（芸大）彫刻科卒。在学中の明治三十三年、「明星」同人となる。渡米を決意し、洋画科に再入学。ニューヨーク、ロンドン、パリで学び、帰国後「パンの会」、フュウザン会に参加。四十四年、長沼智恵子を知る。大正三年、智恵子と結婚し、詩集『道程』刊行。訳編『ロダンの言葉』、塑像「手」など。昭和八年、婚姻届を出すが、智恵子の分裂症状は悪化、転地、入院を経て死没。『智恵子抄』刊行。戦後、花巻郊外の山小屋に農耕自炊の独居七年。肺結核が進行する。「十和田湖畔裸婦像」を制作のため帰京。一九五六（昭和三十一）年四月二日、中野区桃園のアトリエで永眠、七十三歳。

難波田龍起　なんばた・たつき　一九〇五（明治三十八）年、旭川市生れ。洋画家。早大文学部を中退、太平洋画会研究所で学び、高村光太郎の影響を受けて詩作。フォルム展の結成、自由美術家協会の結成に関わる。戦後、アートクラブに移る。絵画「昇天する詩魂」、「ファンタジー　青」など、著書『抽象』、『難波田龍起詩集』など。毎日芸術賞、文化功労者。一九九七（平成九）年十一月八日、肺炎のため永眠、九十二歳。

光太郎と智恵子

水野葉舟　みずの・ようしゅう　一八八三（明治十六）年、東京下谷に生れ、福岡市で育つ。歌人、詩人、随筆家、小説家。本名は盈《みつ》太郎、初期筆名は蝶郎。早大政経科卒。明治三十三年、「明星」同人となり、高村光太郎と親交する。翌年、早大予科一年の葉舟と与謝野晶子との仲を疑われ、新詩社を追放され、「山比古」に参加。著書『あららぎ』、『微温』、『草と人』など。大正十三年、千葉県遠山村駒井野の開墾小屋に移住。一九四七（昭和二十二）年二月二日、肋膜炎により六十三歳で死去。

更科源蔵　さらしな・げんぞう　一九〇四（明治三十七）年、北海道弟子屈《てしかが》町熊牛の生れ。詩人、アイヌ文化研究家。東京麻布獣医専を中退。高村光太郎、尾崎喜八に私淑する。詩誌「リリー」、「潮霧」、「港街」、「至上律」、「北緯五十度」などを刊行。詩集『種薯』、『凍原の歌』、『無明』など、『アイヌ関係著作集』ほか。北海道文学館初代理事長。一九八五（昭和六十）年九月二十五日、脳梗塞のため死去、八十一歳。

高村智恵子への想い

一九三八（昭和十三）年十月六日　難波田龍起宛　本郷区駒込林町 ▸▸▸ 世田谷区経堂町

智恵子はとうとう昨夜病院で亡くなりました、　昨夜遺骸を自宅に連れてきました、　あわ

れな一生だったと思います、　十月六日

一九三八（昭和十三）年十一月八日　水野葉舟宛　本郷区駒込林町▶千葉県印旛郡遠山村大水野

粛啓　亡妻智恵子死去の節は御鄭重なる御供物をいただき有りがたく厚く御礼申上げます　ついては本日五七日に相当致し御答礼可仕筈の処本人平常の志もあり母校日本女子大学校に金若干を寄附致して御答礼に代えさせていただきたく存じますので此段御諒承下されたく右御礼かたがた申述べます

昭和十三年十一月八日

高村光太郎

水野葉舟様

一九三八（昭和十三）年十一月十六日　更科源蔵宛　本郷区駒込林町▶北海道釧路国弟子屈村

おてがみ拝見して大に慰められ感謝しました、霊前へまで御厚志をいただいてまことにありがたく存じます、智恵子は花が好きだったので毎日花を供えています、智恵子の死は小生にとってかなりひどい打撃ですがしかし遠からず平常の状態に復して今度は猛烈に仕事に専念しようと考えています、四十九日がもうじきです、　重ねて厚く御礼申上げます、

　智恵子は多面的だった。テニスがうまく、自転車を乗りまわす清新な長沼智恵子の姿が、日本女子大のキャンパスに見られた。卒業後の絵画研究所での智恵子のようすは、夏目漱石に絵を教えた津田青楓の目には、もの静かだが真綿の中に爆弾をつつんで、ふところにしのばせているように見えた。着物の裾から真赤な長襦袢をのぞかせ、コバルト色の長いマントの衿を立ててはおり、世間の常識を嘲笑するアーティストになっていたのだ。

　ところが、そんな智恵子が光太郎と出会う。彼のアトリエでの智恵子は、もっぱら聞き役で、話しても語尾が消えてしまうようだったのは、彼の魅力のとりこになり、それが恋する女への変貌のプロセスとなった。

　ふたりの愛は昂揚し結ばれたが、生活面の不如意、光太郎の芸術への傾倒と、彼女の絵画でのつまずき、帰るべき実家の破産と離散。彼女の自分との闘いは、黙々と進行していった。「曖昧をゆるさず、妥協を卑しんだ」彼女の性格から、「精魂つきて倒れたのである」と、光太郎は書いている。

　昭和九年、智恵子は母や妹のいる九十九里浜に転地療養、光太郎が一週一度は汽車とバスを乗り継いで訪ねて行った。智恵子はあどけない幼女になって千鳥とあそび、松の花粉が飛ぶ防風林に立ち、時には「光太郎智恵子光太郎智恵子」と一時間も連呼したりした。

　年末には海岸から自宅アトリエに連れて帰ったが、「病勢はまるで汽缶《ママ》車のように驀進して来た」。男言葉

で夫にくってかかったり、声かれるまで独語や放吟し、拒食する。狂暴な彼女が往来へ飛び出さないように、ドアに釘づけしなければならなかった。

翌年二月、南品川のゼームス坂病院に入院。彼女の才能をみごとに開花させた千数百点の切絵作品をのこして、十三年十月五日、光太郎に手をとられて、静かに瞑目した。

亡き妻の写真の前に、花とレモンを置いて暮らした光太郎は、翌年、「レモン哀歌」で彼女の最後の日をうたった。切絵を夫に見せるときだけ、うれしそうに微笑した彼女だったが、こと切れる直前、夫の手からとったレモンをがりりと噛んで、意識がもどったかのように、眼がかすかに笑った、という。

死の翌日の難波田龍起へのハガキ。「あわれな一生だったと思います」のひと言に、万感の想いがこもる。愛と信頼をもって出発した結婚生活の、あの日あの時が光太郎の胸中に甦る、ことばには表せない悲哀のなか、何かほっとするような放心の日だったかもしれない。画家の難波田は小学生のときから昭和十年まで、光太郎と同じ番地の家に住んだので、神秘的な夫妻のありようを、つぶさに知っていた。夫が漬物屋で買い物をし、妻が外でパラソルをかざして待っている日もあり、原始的な機械で夫のちゃんちゃんこのための機織りをする妻の姿も見た。いろいろあった高村夫妻の日々を。

つぎに智恵子の三十五日忌にあたり答礼に代えて日本女子大に寄付をしたいという挨拶状だが、女子大は智恵子の母校だけでなく、創立者成瀬仁蔵の胸像を光太郎が制作したゆかりもあった。大正八年、制作を依頼された翌日、没する数日前の成瀬校長と病床で対面して以来、毎年一個ずつ試作をつづけて、完成したのは十四年後の昭和八年だった。けれども病む智恵子には、夫の入魂の作である恩師の像もその除幕式も、もう関わりのないことになるとは。

水野葉舟は、与謝野鉄幹・晶子の「明星」の初期のころ、蝶郎という名の華やかな歌人としてスタートし、光太郎とは生涯の仲良しだった。光太郎の外遊中に小説家になっていたが、大正十三年、都会を逃れて千葉県遠山村三里塚ちかくの開墾小屋に移住した。光太郎の詩「同棲同類」のはじめに、「……私は口をむすんで粘土をいじる。／……智恵子はトンカラ機を織る。／……鼠は床にこぼれた南京豆を取りに来る。」とあるが、生活に苦しい夫妻に千葉の落花生を送っていたのは葉舟にちがいない。彼が智恵子の死の電報を受けた日は、近くの林へはいり、智恵子の好きな山栗をひろい、霊前に捧げたという。

東京麻布獣医畜産学校を退学した更科源蔵には、郷里での農事と詩活動があった。大正十四年、詩誌「抒情詩」の新人推薦号では、二位が山形の真壁仁、三位が小樽の伊藤整、三位が更科という、のちの因縁深い三詩人の名が並んだ。ちなみにこのときの応募者のなかには、伊藤信吉や菊田一夫もいた。更科が初めて光太郎のアトリエを訪ねたのは、昭和三年だった。光太郎はこの野生の詩人を愛した。五年、屈斜路コタンの小学校の代用教員であった更科の、処女詩集『種薯』に、光太郎はあらためて強い衝撃をうけ、賛辞を書いた。そういう更科宛だからこそ、智恵子の死の打撃のあと「猛烈に仕事に専念」するという力強い手紙になったのだ。しかし、原野の詩人にも悲劇があった。十年、開拓者の父が種牡牛に突かれて急死。智恵子の死の半年後、更科の愛妻中島葉那子（詩人）も、病死した。六歳と一歳の誕生日前の女児をのこして、三十歳の死であった。更科源蔵はこの手紙の住所の弟子屈から、やがて札幌に移住した。

『智恵子抄』の刊行されたのは、十六年八月であった。

高見順が綴る

高見順　たかみ・じゅん　一九〇七（明治四十）年、福井県三国町に生れ、東京に育つ。父は福井県知事坂本釤之助《さんのすけ》。小説家、詩人。本名は高間義雄のち芳雄。東大英文科卒。コロムビア・レコードに勤務しながら非合法活動により逮捕され、妻で女優の石田愛子と離別。昭和十年、水谷秋子と再婚。「日暦」、「人民文庫」に拠り、「故旧忘れ得べき」を発表、芥川賞候補になる。サラリーマン生活を辞し、「如何なる星の下に」を連載。戦中はビルマ、中国へ陸軍報道班員として赴任。戦後、『昭和文学盛衰史』（毎日出版文化賞）、『激流』、『いやな感じ』（新潮社文学賞）、『死の淵より』（野間文芸賞）など。菊池寛賞、文化功労者（追贈）。日本近代文学館初代理事長に就任したが、食道癌にたおれ、一九六五（昭和四十）年八月十七日、放射線医学綜合研究所病院で死去、五十八歳。

矢田津世子　やだ・つせこ　一九〇七（明治四十）年、秋田県五城目町の生れ。小説家。本名ツセ。東京麹町高女卒。日本興業銀行に勤務。「女人芸術」名古屋支部員として活躍。昭和五年、「罠を跳び越える女」で「文学時代」の懸賞に当選し、文壇に知られ、翌年上京。左翼作家からモダン派に転身。坂口安吾を知り、同人誌「桜」に加わる。武田麟太郎に師事し、十年「日暦」同人となる。翌年、安吾と絶縁。「神楽坂」（芥川賞候補、人民文庫賞）により認められ、流行作家になる。『花蔭』、『家庭教師』、『茶粥の記』、『鴻ノ巣女房』など。一九四四（昭和

高見順と妻秋子、長女由紀子

十九）年三月十四日、肺結核のため淀橋区下落合の自宅で永眠、三十六歳。

長女への想い

一九四〇（昭和十五）年十二月十八日　矢田津世子宛

大森区大森町 ▸▸▸ 淀橋区下落合

娘の由紀子が急に死にました
生前色々と可愛がって頂きましたが――
ちょっとお知らせ申上げます
　告別式は明十九日午后一時から二時の間に陋宅にて致します
　　昭和十五年十二月十八日

大森区大森町二丁目一三七番地
高見　順

大森駅、海岸口ノ蒲田方面行バス　沢田通り下車高見順はエッセイ「日暦の人々」で、文学歴の古い円地文子、大谷藤子、矢田津世子が「怕《こわ》い」同人会のようすを自虐的に点描したことがある。その同人雑誌仲間だった「美貌の名天下に普《あまね》き矢田さん」への、長女急死と葬儀通知のハガキ（ガリ版）である。簡単な文面だが、ここにも子を喪った人の慟哭が隠れている。

高見順が治安維持法違反で大森の街頭で捕まって、保釈されて帰ると、劇団の同志だった妻愛子は去っていた。妻に逃げられたのは、よかったことかもしれない。その後、水谷秋子という夫によく尽し、その母親に「仕える」ことになる、可愛いモダンガールとの出会いがあったからだ。

秋子との再婚は、「日暦」に連載した「故旧忘れ得べき」が、第一回芥川賞の候補になった昭和十年。高見が子供は駄目かなと半ば諦めていたところへ、ひょっこり女の子が生れたのだから、喜んだ。由紀子の誕生は十四年五月であった。その間の高見は、「私生児」の発表、「人民文庫」への参加、コロムビア・レコードを退社、浅草のアパートの仕事部屋を借りた果実として の「如何なる星の下に」の連載などがあり、文筆生活に専念していった。

高見自身が「親馬鹿チャンリン」の小説とよぶ「午後」を書いたのは、十五年十一月二十六日ごろで、それは十二月十日発売の「新潮」新年号に載った。その作品の結末は、外出先で自分の親不幸と、娘を可愛がる自己満足を反省した彼が、明日みんなで動物園へ行こうと言おうと思って帰り、垣根ごしに家のなかをのぞくと、暖かい冬の午後の陽がさしこんでいる縁側に、座布団を出して、妻は由紀子のセーターを編んでいる、膝の上の毛糸の玉に両手をのせた母は居眠りをしている。母の背中の由紀子も、安心して一緒にこっくりこっくり。

こんな平和な場面を書いてまもなく、十二月十七日、由紀子は急死した。前日、熱を出し、「イタイ、イタイ」と耳に手をやった。知恵熱だろうとたかをくくっていたが、夜のうちに憔悴してしまい、入院したその日のうちに、白い泡と痙攣二回で、あっという間の死であった。大好きな蜜柑による消化不良だったらしい。

死児を抱いた妻と母と、黙りこくって暗い夜更けの道を歩きながら、彼は四人そろって外を歩くのは、今夜がはじめてだと思う。一家で動物園へ遊びに行くこともなかった。涙のなかに、不親切な病院の対応への怒りもあった。

年があけて、病院への抗議をこめて、幼女が喋ったカタコトをリアルに再現した作品「由紀子の死」を、いくども泣きそうになりながら徹夜で書いた朝、高見順は旅立った。神戸港を出帆、「鴎が船を追うのを見る。赤い嘴に赤い脚。美し。ふと由紀子のことを思う。船客に、幼児を連れた母親多し」と、南洋に向かう三等船室で日記をつけた。

それにしても、表面は優しい母と素直な妻の間に、実は火花が散っていた、そんな嫁姑を残して、しかも、かすがいだった由紀子が亡くなった直後に、ジャワ、バリの島へ四ヶ月も遊びに行くとは、ひどいではないか、と言ったかどうか。時代の灰色の膜が文学の世界にもたちこめ、息苦しさから逃避したかったことも確かだったにしろ。この後もビルマ、中国へと従軍による高見の不在の年月、銃後の母、妻として仲良く留守宅を守った二人にはちがいないが。

なお高見の南洋行きにひと役かったのが、そのとき外務省にいた異腹の兄、阪本瑞男だった。やはり腹違いの兄で詩人の阪本越郎がどちらかといえば従兄の永井荷風似の顔つきだったような気がするが、瑞男が容貌も気質もいちばん高見に似ていたようだ。この兄のスイス公使在任中の死も、彼には打撃だった。昭和十九年、中国に従軍中の高見と、妻との手紙のやりとりに、異母兄の死があるのを、近代文学館での私の書簡仕事で、読んだことがある。

阪本スイス公使の、頭のきれる皮肉な人柄を、彼の部下で与謝野晶子の次男秀《しげる》（のち東京オリンピック事務総長）が描いた追悼文があるが、まるで一編の短篇小説のようだ。ともにヨーロッパ通の外交官として活躍した二人だが、昭和五年から弟分のように可愛がられた与謝野は、ベルンの病院での彼を看護し、東京の家族に病状報道をつづけた。彼は与謝野に、手を握られたままこときれたという。

長女の「死を想う」にことよせて、つい高見の兄の「死を想う」に及んでしまった。

中野重治が綴る

中野重治　なかの・しげはる　一九〇二（明治三十五）年、福井県坂井郡高椋《たかぼこ》村一本田《いっぽんでん》（丸岡町）の生れ。詩人、小説家、評論家。別名は日下部鉄。東大独文科卒。在学中に堀辰雄らと「驢馬」を創刊、「夜明け前のさよなら」などの革命詩を発表。昭和五年、政野（女優原泉子）と結婚。日本プロレタリア芸術連盟、雑誌「戦旗」で中心的活動をした。文化運動弾圧による逮捕、出獄、苦渋の転向小説を書く。執筆禁止のなかも「空想家とシナリオ」などを発表。二十年末、新日本文学会をおこし、評論活動をしたが、小説の戦後最初は「五勺の酒」。ほかに『むらぎも』（毎日出版文化賞）、『梨の花』（読売文学賞）、『甲乙丙丁』（野間文芸賞）など。朝日賞受賞。一九七九（昭和五十四）年八月二十四日、東京女子医大病院で胆嚢癌のため死没、七十七歳。

中野鈴子　なかの・すずこ　一九〇六（明治三十九）年、福井県生れ。中野重治の妹。詩人。ペンネーム一田アキ。三国実業女学校卒。二度の結婚、離婚を経て、昭和四年、上京。宮本百合子らの「働く婦人」を編集、ナップに加入。十一年、結核のため帰省。戦後は新日本文学会福井支部を結成、雑誌「ゆきのした」を創刊する。詩集『花もわたしを知らない』、『中野鈴子全著作集』。一九五八（昭和三十三）年一月五日、十二指腸潰瘍のため五十一歳で死去。

中野重治と妻原泉子、長女卯女

妻子への想い

一九四五（昭和二十）年六月十二日　中野鈴子宛

世田谷 ▸▸▸ 福井県坂井郡高椋村一本田

要保存

○五月十七日付手紙拝見しました。

○落合君[*1]の通信も受領しました。

○六月十一日夜現在三人とも無事。家もまだ焼けず。

○卯女は殆ど完全に恢復せり。マサノは微熱状態なり。

○美代子の退院を心から喜びます。しかし妊娠中なれば落合君初め家内中心を揃えて気をつけねばなりません。

○疎開の荷物を送られぬのかとあれどそんなものは一物も送れず。手紙とハガキ以外は郵便物も一切ダメ。これも何日までか分からず。

○東京はいよ〱危険なので出来るだけ早く卯女母子を疎開させる。出来る限り祖先の地一本田へやり度し。

○右の場合も小生は東京に残り現在の工場の仕事をつゞける。工場が焼けて恢復不可能の場合は、疎開出来れば一本田へ行く。
○旅行は殆ど不可能だから、卯女たち疎開の時は一しょに行き母上はじめみんなに面会する積り也。
○卯女マサノ疎開後小生爆死等の場合は何等かの方法で一本田へ通知ある筈。但し遺骨等はとゞくかどうか分からぬから、遺骨が行かなくても親類等に通知してごくカンタンな葬いをすること。
○右の場合卯女母子の進路、意志につきいろ〳〵協力を頼む。特に卯女は子供だから、一本田中野家の子供として責任を負えるような人間になるようまわりで注意頼む。
○十七日付手紙は小生のこの前の手紙に対する返事になっていない。これは同封するから、前の手紙をもう一度よく読み、各個条につきそれ〴〵の返事至急たのむ。その際右小生の手紙の本文を写す必要はないから、あの手紙を同封して返事を貰い度い。あの手紙に対するこの返事では殆ど愚弄するに等しい。あの手紙とこの返事（同封）とを照らしあわせてよく分かるように書いて貰い度い。
○これは遺言状の一部をなす。写しをこちらに取って置いても焼けるだけだからこの手紙は必ず保存を要す。
○遺言のことは追々書き送るにつき、順々に重ねて間違いなく保存を頼む。

○母様御死去の際は何とかしてかけつける積りだが、切符は買えぬから葬式には間に合わぬと思う。その際は葬儀万端よろしく頼む。
○右の場合卯女たちが在一本田ならバ卯女が葬儀責任者になる訣だが、マサノにも一本田の仕来たり等不明だから鈴子が実地の責任者となり親類に図って万事取りはからわねばならぬ。
○卯女マサノ疎開の時はフトン、着ガエ等ハ持参出来る予定だがその他は何も持参出来ぬだろう。しかし疎開完了前に焼けてしまえば殆ど着のみ着のまゝということになろう。焼けぬよう埋めても置くがなかく思うようには行くまい。
○小生死去の節は福井県今立郡岡本村定友　黒田道宅氏[*2]アテ御一報ありたし（マサノが通知すること）
○柳瀬正夢廿五日夜爆死せり。幸い黒こげにならなかったゝめ屍体確認するを得た。明十二日告別式。
○徳永直夫人まる二年の重病の後六月三日死去せり。
○農村は大変と思う。忙しいこともさぞと思うが母上さまの御世話はくれぐも頼みます。

昭和二十年六月十二日

重治

鈴子様

間違いなく保存を乞う

＊1　落合君＝中野の妹美代子と昭和十七年五月結婚した落合栄一。
＊2　黒田道宅氏＝郷里の医師。

一九四五（昭和二十）年六月二十三日　中野鈴子宛　世田谷▸▸▸▸福井県坂井郡高椋村一本田

要保存

遺言状（その二）

○昭和二十年六月廿三日防衛召集甲ニヨリ東部第一八六部隊入隊ニツキ「その一」ヲ補足ス。
○余ノ死後遺稿出版等ニツイテハ旧驢馬同人中心[1]トナッテ編輯ニ当ルコト、ソノ他ノ人選ハ右旧同人選定ノコト。
○東京市社会局千駄谷分室勤務当時右分室及ビ本局ノ人々ニ世話ニナリ特ニ本局ノ数人ノ上司ニハ御迷惑ヲ相カケタ。コレハ終生感謝シテ忘レヌ所ダ。右勤ムニツキ「朝日」ノ人ホシノ氏（星野？　保科？）、朝鮮ノ人金子和両氏ニ一方ナラヌ御世話ニナリタリ。
○前記出版ニツキ古田晁氏[2]存命ノ限リ筑摩書房ニ相談アリ度。

○マサノ殿卯女ドノハ一本田ニ行クベシ。コレ等ノコトハ㋮ニ一任ス。

○蔵書ハ金ニ代エテヨシ。但シ分散セザランコトヲ望ム。

○川村正治氏ニ感謝ス。

○一本田母上に不孝ヲ重ネシコト重々御わび申上グ。老母扶養ノコトニツイテハ㋮鈴子、美代子等ニヨロシク頼ム。

○卯女ノ教育ニツイテハ㋮ニ一任。卯女ハ何ニナッテモヨケレド、自然科学ニ向ワセルコトモヨカラン。

○㋮ハ卯女ヲナルベク大事ニ扱ワレ度。

○㋮ハ条件ノ許シ次第芸術上ノ仕事ヲ続ケルノガイイ、ト思ウ。

○卯女に対スル正直教育ハ一貫シテ維持スベクコレハ生涯ニ亙ルベキコト。

○青染付丼鉢今モ望ミナラバ窪川稲子[*3]ニ贈ルコト。

○柳田国男氏ニ深ク感謝ス。

○㋮ハからだヲ大事ニシ、日常生活ノ中デ一段ノ修養ヲ積ム必要アリト思ウ。母トシテ芸術家トシテ、人間トシテ。

○卯女ノ教育ニツキ佐久間象山ガソノ娘ニ（嫁ニヤル時カ）女ハさ、少しまいるがよしトノ意味ノ言葉ヲ与エタコト参考トナルベシ。

○余ガ日本文学ニ貢献出来ナカッタコトハ残念デアル。
○亡キ父藤作ノコトヲヨク聞キ、コレヲ卯女ニ語リキカスベシ。
(後略)

＊1　旧驢馬同人＝大正十五年四月に創刊の詩誌「驢馬」。同人は室生犀星の家に通った無名の青年、窪川鶴次郎、西沢隆二、宮木喜久雄、中野重治、堀辰雄の五人。
＊2　古田晁氏＝筑摩書房の創立者。古田は『中野重治随筆抄』刊行の日(昭和十五年)を創業の日と決めた。
＊3　窪川稲子＝佐多稲子。「驢馬」同人の窪川と結婚、昭和二十年五月離婚した。中野の友人として、臨終から埋葬まで立ち会った佐多の、五十年間の交遊記『夏の栞』がある。

昭和十九年、作家中野重治と女優原泉子は、夫婦ともども、長年の保護観察中の身分である。書くことも、演劇活動も、不自由きわまりない。中野は動員で武蔵金属研究所で圧延伸張工となり、焼きなまし(針金を伸ばす作業)で火の粉をあび、原は国策映画や芝居に出演して生活費をまかなっていた。原のきつい言葉を我慢しては、「不愉快なり」と日記に頻出させる中野。いずれにしろ「不快な時代」であった。

十二月の夜間空襲のあと、長女卯女を原の妹のいる栃木県黒磯へ疎開させた。翌年一月、原は菊池寛社長の大映から、本日限りで解雇といわれて大喜び、黒磯へとんで行き、肋膜炎になった卯女を世田谷豪徳寺の家へ連れて帰った。

父の死後、郷里高椋村一本田の家屋敷を中野が、あとの田畑を妹の中野鈴子が相続し、老母と鈴子が住む屋敷に、すでに妹落合美代子夫婦は疎開していた。

こんど一年生にあがる卯女の疎開は郷里へと、中野が手紙をなんど書いても、「来い」という返事はない。

食うものがないといってくるばかりだ。

この手紙の前に書かれたらしい第一の遺言状は不明だが、それに続くかたちの妹への手紙である。だからもう遠慮をすてて、「出来るだけ早く卯女母子を疎開させる」「祖先の地一本田へやり度し」と、遺言らしく言いきっている。

「小生爆死等の場合は」とあるように、空襲につぐ空襲の日々、死の覚悟がひしひしと伝わる。柳瀬正夢の爆死と、プロレタリア作家徳永直の愛妻の病死にもふれている。画家柳瀬は「無産者新聞」や「戦旗」に痛烈な漫画をかき、中野の本では『汽車の罐焚き』の装幀をした。五月二十五日、上諏訪に疎開中の長女を見舞うために新宿駅へ行った柳瀬は、駅西口で空襲にあい、焼夷弾の破片を肝臓にうけて即死した。

六月二十二日、しびれをきらした中野が、様子を見に一本田へ出かけようと、苦労して汽車の往復切符を手にいれた日の深夜、白紙がきた。つまり防衛召集令状である。翌日、世田谷の部隊に入隊する前に書いたのが、遺言状（その二）である。これも妹宛になっているが、内容的にはマサノ（政野）宛だ。愛する妻と子への想いが溢れている。同じころに妻にあてたらしい「卯女ノ教育ニツキ」という遺書も残されている。卯女の言葉遣いのこと、将来のことなどを懇切に記し、「卯女ノ欠点ハ両親ノ欠点ノ鏡ト思エ」といった厳しい一項も見える。

まもなく、信州上田近郊の東塩田村の部隊に配属されて、陸軍二等兵中野重治の兵舎生活となる。中野が行くつもりで買った切符を使って、ようやく母子は一本田へ向かった。卯女をおいて原は東京へもどり、中野の蔵書を古田晁の信州の家に疎開するために、ダンボール三十八個の箱づめに、彼女は一人で八月の汗にまみれた。その頃、古田は松本行の列車内で、米軍機の機銃掃射を受けて身を伏せる事態であった。

終戦。中野の復員を原は一本田で待った。ふたりの保護観察処分が取り消されたのは十月。戦時中に芸名の原泉子《せんこ》を禁止されていた中野政野《まさの》は、あらためて原泉《いずみ》という名の俳優として復活した。中野重治の文学と政治の季節も到来した。

昭和三十八年秋、日本近代文学館創立記念の「近代文学史展」が新宿伊勢丹で催されることになり、産声をあげたばかりの事務局（小田切研究室）から、チャーターしたタクシーで都内の文学者宅へ、担当者の私は小田切氏にひきまわされた。プロレタリア文学研究の立大助教授であった小田切進は、佐多稲子の家、中野重治の家で居心地のよい風情であった。ちょうど中野夫妻がテレビでお相撲を観ていた。のち境川理事長になった佐田の山の取組みのとき、原泉が「さだァ、さだァ」と叫んで、テレビのある部屋まで四つん這いしていった。勝負がつくと、映画やドラマでみた恐い老婆役のあの原泉と、中野さんが満面の笑みを交しあっていた。

中野の遺書では、「遺言　一九七三年十二月十六日以降記」という書付けも、発表されている。その冒頭は「一、中野重治の名を冠する文学賞、記念碑をつくってはならぬ。墓はあるのだから別に作ってはならぬ。」であった。田圃の中にぽつんとある中野家の墓所は、「太閤ざんまい」と呼ばれている。検地に来た秀吉が、先祖の出した茶を喜び、褒美を問われて墓所をのぞんだ由来らしい。中野は生地のその土に還った。

司馬遼太郎が綴る

司馬遼太郎　しば・りょうたろう　一九二三（大正十二）年、大阪市浪速区に生れる。小説家。本名は福田定一。大阪外語蒙古語科を仮卒業で学徒出陣、大陸に渡り、戦車隊士官。昭和二十三年、産経新聞社に入り、在勤中に小説「ペルシャの幻術師」（講談倶楽部賞）、同人雑誌「近代説話」創刊、『梟の城』で直木賞。以後『龍馬がゆく』、『国盗り物語』（菊池寛賞）、『殉死』（毎日芸術賞）、『世に棲む日日』（吉川英治文学賞）、『坂の上の雲』、『空海の風景』（日本芸術院恩賜賞）、『ひとびとの跫音』（読売文学賞）、『街道をゆく　南蛮のみち』（日本文学大賞）、『韃靼疾風録』（大仏次郎賞）、『ロシアについて』（読売文学賞）など。大阪芸術賞、朝日賞、井原西鶴賞、モンゴル北極星勲章、芸術院会員、文化功労者、文化勲章。一九九六（平成八）年二月十二日、腹部大動脈瘤破裂のため永眠、七十二歳。

牧羊子　まき・ようこ　一九二三（大正十二）年、大阪市の生れ。詩人。本名は開高初子。奈良女高師物理化学科卒。寿屋（サントリー）に勤務のかたわら詩作。昭和二十八年、同人誌「えんぴつ」の仲間開高健と結婚。詩集『コルシカの薔薇』、『人生受難詩集』、『聖文字・蟲』など、エッセイ集『語りかける女たち』、『あなたはどのメビウスの輪』、『夫開高健がのこした瓔』、『金子光晴と森三千代』など。二〇〇〇（平成十二）年一月十五日、茅ヶ崎市の自宅で死去、七十六歳。

司馬遼太郎（撮影：榊原和夫）

開高健と長女道子

開高健への想い

一九八九（平成元）年十二月九日　牧羊子宛　東大阪市下小阪▼▼▼▼神奈川県茅ヶ崎市東海岸南

まきようこ様（しゅぎょく）をよみ、なみだこぼれ、いのちのさいごのひびをこのようなめいさくをかくことに費したひとはほかにいたかとおもい、さらには、このさくひんをかくことによって、天へしゅっぱつするみずからのはなむけにするという、粋のきわみをえんじぬいたことをおもい、もはやくやみのことばもおろかになり、ただひたすらあたまをたれるのみ。

しばりょうたろう

一九八九年十二月九日、遺体となってしまった夫とともに、東京都港区三田の済世会中央病院を出るときも、大好きな書斎のある終の棲家へ入るときも、フラッシュの放列、心ない記者たちの質問攻めに襲われ、「この時刻を通報したのは誰か」と、牧羊子は怒りの形相となった。

そんなあとで手にした司馬遼太郎からの電報だった。疲労も憤怒もふっとんで、彼女は悲しみと喜びの気持がおさえきれなかった。行動なかばで倒れ、酷い死病と闘いおえた作家を、静かに眠らせたいと希う妻の心に、この電文は沁みるものがあった。

明けて一月十二日の青山斎場での本葬は、葬儀委員長をたてないで弔辞を柱にする形式ばらないお訣れにしようと話し合われたとき、それほど親密な仲ではなかったはずの、郷土の先輩作家司馬遼太郎の弔辞をと、牧羊子が真っ先に切望したのは、この弔電への感激のせいだった。

その日、遺影は三枚並べられた。それは書斎にいる作家の姿、南ベトナム戦地の最前線での姿、アラスカで巨大キングサーモンを釣りあげる姿だった。遺影にむかって、司馬遼太郎は読む時間二十三分余という異例の長い弔辞を語りつづけた。小説原稿を執筆するときのように、赤、青、黄、緑の色鉛筆による推敲のあとのいちじるしい弔辞だった。

司馬は電文と同じく開高の最後の名作「珠玉」を、その長文のプロローグとした。ちょうど掲載誌の「文学界」が届き、吸いよせられるように読んでいると、五十八頁のところで訃報に接したという。「夏の闇」などの開高的文学世界、文体論が説かれ、晩年の開高の最大の夢であった「チンギス汗」の謎の墓探しへの熱中ぶりについて言及し、そしてふたたび、「以上、『珠玉』を読んだ余韻のなかで。」を弔辞の締めくくりとした。

「珠玉」はアクアマリンの青と、ガーネットの赤と、ムーン・ストーンの乳白色と、三つの石にまつわる開高自身の魂の物語である。三月に食道の異常がわかり、四月、手術、七月、退院すると、海岸の早朝歩きも食事も強行して回復をめざし、この連作小説にとりかかった。第一話の「掌のなかの海」は前年書き上げていた。開高は第二、第三話となる「玩物喪志」と「一滴の光」の執筆にのめりこんでいった。十月脱稿し、再入院したあとも、モンゴル行きのための手配をしている、そんな病人だった。死の一ヶ月前に、牧羊子が癌の告知をした。彼は生き抜いて、当然しごとをするつもりで、苦痛に耐えた。

「珠玉」の最終ゲラは本人の手にあり、丹念に目を通しただろうが、「渾身の二百枚ついに完成」として、一段組みで巻頭を飾った「文学界」新年号が読者に届いたのは、訃報と同時期となった。

五十八歳の生涯を閉じたのは、十二月九日だった。本葬では司馬遼太郎のほかに、彼と縁の深い谷沢永一、佐治敬三、柳原良平、日野啓三が弔辞を捧げ、スコットランドのヒューム卿から牧羊子に届いた弔文が読まれた。

鎌倉円覚寺の塔頭、花の寺ともいわれる松嶺院、かつて有島武郎が「或る女」後篇を執筆していた部屋を右にみて、花花の坂を登りきったところに、墓碑銘のない大石が横たわっている。越前町梅浦の旅館「こはぜ」の主人から石が見つかったという電話で、牧羊子は飛んでいった。「うみべの宿で一杯やれば／空はあおあおいい気持／ロシア、朝鮮も目のあたり／風はひょうひょう波また波」と開高が歌った越前の宿の主は、開高の本葬の献花として、きびしい越前岬に咲く水仙三千本を家内総出で摘んだ人だった。『オーパ、オーパ!!』シリーズから遺作『珠玉』まで、多くの著書の装幀を手がけた三村淳の設計の墓は、三回忌の前日にできた。流紋岩の自然石には一字も彫られていないが、なんだか開高の目鼻が見えてくるようだ。宝石のエンゲージ・リングより鉱石の標本がいいと言ったという開高の「変な嫁さん」のお気に入りの墓碑となり、戦時下のベトナム、南北アメリカ縦断、アマゾンからモンゴルへと駆けめぐった開高にとっても、くつろいだ寝姿のような墓石となった。

かたわらの墓誌には、開高健と、父の死の六年後に東海道線茅ヶ崎の踏切で死去した容貌も文才も美食家ぶりも、父にそっくりだった一人娘道子と、そのまた六年後に独り逝った牧羊子、三人きりの家族名が並んだ。近くにはオーム事件で殺された坂本弁護士一家の墓、清水崑、中山義秀、池島信平、田中絹代へと連なっている遍路みちである。又従弟の小林正樹監督とともに眠る田中絹代の墓域で、彼女のブロンズ像と曾津八一の書「游於芸《げいにあそぶ》」という碑銘を目にして、また再び開高の大石に巡り合うことになる。

遺すことば

二葉亭四迷が綴る

二葉亭四迷　ふたばてい・しめい　一八六四（文久四）年、江戸市ヶ谷の尾張藩上屋敷で生れる。小説家。本名は長谷川辰之助、別号は冷々亭杏雨、四明。東京外語露語科を中退。言文一致体の創始者として『浮雲』がある。ほかに『其面影』、『平凡』、ツルゲーネフの翻訳など。内閣官房局、東京外語教授を経て、朝日新聞特派員として渡露。ペテルブルグで発病し、帰国の途中、インド洋上、肺結核のため船室で客死した。四十五歳。

母、妻への遺書

一九〇九（明治四十二）年三月二十二日

遺言状

一　余死せば朝日新聞社より多少の涙金渡るべし

二葉亭四迷

シンガポールの丘にある四迷の墓と記念碑

一　此金を受取りたる時は年齢に拘らず平均に六人の家族に頭割りにすべし　例せば社より六百円渡りたる時は頭割にして一人の所得百円となる計算也

一　此分配法に異議ありとも変更を許さず

右之通

明治四十二年三月二十二日

露都病院にて

長谷川辰之助

長谷川静子殿

長谷川柳子殿

遺族善後策

これは遺言ではなけれど余死したる跡にて家族の者差当り自分の処分に迷うべし仍《よっ》て余の意見を左に記す

一　玄太郎せつの両人は即時学校をやめ奉公に出ずべし

一　母上は後藤家の厄介にならせらる丶を順当とす

一　玄太郎、せつの所得金は母上の保管を乞うべし

一　富継健三の養育は柳子殿に頼む

一　柳子殿は両人を連れて実家へ帰らるべし
一　富継健三の所得金は柳子殿に於て保管あるべし
一　柳子殿は時機を見て再婚然るべし
一時の感情に任せ前後の考もなく薙髪などするは愚の極なり忘れてもさる軽挙を為すべからず

明治四十一年六月六日、朝日新聞特派員としてロシアへ行く二葉亭四迷こと長谷川辰之助の送別会が上野精養軒で賑々しく行なわれた。フォーマルなことを好まず、文壇の嫌いな彼は、送別会を拒んだが坪内逍遥が発起人にいると聞いて、しぶしぶOKした。友人の内田魯庵のスピーチは、『浮雲』その他の名作を世に出した功績のある二葉亭が、困ったことに文学が大嫌い、外交が好き、たとえば日露戦争中にはウラジオからハルビンへ廻り、日本外交に憤慨し、また後には北京の公使館で旅順の同志と大いに画策するなど、日本政府は彼に感謝すべきだと述べ、それでも「敢て日本の文壇を代表して、ナニ日本にもアンドレーエフやゴルキー位、否、それ以上の人間があるぞという事を示して戴きたい」と結んだ。

六月十二日新橋を出発した二葉亭は、ロシアから帰国する満鉄総裁の後藤新平の話を聞いておきたくて、敦賀まで出迎える回り道をしたうえで、神戸から大連行きの汽船に乗った。妻柳子に、今日はこんな処を通った、ゆうべはこういう処を通ったと、まめにシベリア鉄道の旅だよりをしている。バイカル湖では二枚つづきの絵ハガキを書いた。

モスクワを経て、七月十五日、ペテルブルグに着くと、政治家や頑固党の軍人、ジャーナリストと交際して、ロシア政情の研究に余念なかったが、彼がまいったのはベーラヤ・ノーチ（白夜）で、ひどく神経にさわって、不眠症になり、ネフスキー通りでは何度も倒れそうになった。飲めない酒を、ワインもコニャックもウオッカも試してみるが眠れない。しかし八歳のときから親しんだ煙草をやめたら効き目があったのか、「朝日」への送稿、観劇や本漁りにも精出していた。

二月、ウラヂーミル大公の葬儀に参列し、吹きすさぶ寒風のなかで、風邪をひいた。その後高熱がつづき、結核と診断された。在留の友人たちの帰国の勧めには、頑として応じなかったが、病状悪化するばかりで、ついに「辞職電報」を打たざるを得ない。ペテルブルグのワシーリエフスキー島の病院に入院したが、医師に見放されて、仕方なく海路帰国のため、友人に介抱されてロンドンへ向かった。

四月十日、ロンドン出帆後しばらくは海上の空気も良く、一等船室で手厚く看病されて、久しぶりの味噌汁に微笑むほど小康を得たかに見えた。十七日、「今朝マルセーユ着、病状に異りたる事なし」、これが妻への最後の便りである。しかしスエズ運河、紅海に進むにつれて、きびしい暑熱に絶望的な重態となり、五月十日、ベンガル湾上で、意識は確かなまま他界した。遺体はシンガポールの郊外バセパンジャンの丘の上で荼毘にふされ、賀茂丸が遺骨を日本に運んだ。ロシアの寒さをうったえた彼の便りに、「死ぬ程寒かったものと見える」と、「朝日」で同僚の夏目漱石があとで思うのだが、そんなペテルブルグを脱出して、猛暑の海での無念の死であった。

船のボーイが病人に、何か遺言はと聞き、何もないと答えたが、ちゃんと用意していた。この二通を東京市牛込区大久保余丁町の坪内雄蔵（逍遥）宛の封筒に入れていたが、投函はしないで、船室から発見された。

離婚した先妻の子には、「即時学校をやめ奉公に出ずべし」と冷たくし、若い後妻には、富継と健三の二子を連れて実家へ帰ること、そして再婚をすすめ、夫の死を悲しんでの剃髪などしないようにとある。この妻は、母がその気立てを愛し信頼した女中の高野りう（柳子）だった。二十歳の柳子は、三十九歳の二葉亭と夫婦関係を結び、次男、三男を産んだ。人生のはかなさを諦念した彼の、素っ気ないような遺言だが、死後、「涙金」のおかげかどうか、上の二人の子も学校をやめずにすみ、母も実家へ帰ることなく、嫁と孫とともに暮らすことが出来た。

この遺言状の日付の前の日に二葉亭は妻に手紙を書いた。下宿に届いた写真を、婆さんがわざわざ病院へもってきてくれたので嬉しかったこと。写真の「健坊」「富坊」の幼い顔を、彼はどんな想いで眺めたことだろう。そして病状の説明をし、高熱に責められ、鏡を見ると痩せたこと、しかし激しい疲労のなかでも、胃は弱らないので、死なずに日本に帰り、お前の顔も見られるかもしれないという希望の言葉を書いていた。死の覚悟をして遺言状は書いたものの、まさか帰国の途中の船で死ぬとは、思わなかったにちがいない。

昭和三十九年十二月、新宿の京王百貨店での朝日新聞社と文学館共催の二葉亭四迷展飾り付けのとき、担当委員の稲垣達郎氏が、二葉亭の机を指さした記憶がある。それは腰かけ机の洋風の脚を畳座敷用の文机にしたもので、自分で机の脚を切ったんだねと、面白がる稲垣先生だった。

私がびっくりしたのは、三男の長谷川健三氏との対面だった。巣鴨の石油類を商う長谷川商店の奥から出てきた主人は、写真で見る毛皮のロシア帽を被った、髭の二葉亭四迷の男っぽい顔立ちにそっくり。親が幼児の知らぬまに亡くなっても、こんなに父に似た子が育つとは。展示された遺品は、会期後、文学館に寄贈された。ロシア文字の名前を墨書したトランクもあった。

村山槐多が綴る

村山槐多　むらやま・かいた　一八九六（明治二十九）年、横浜市神奈川町の生れ。画家、詩人。京都府立一中卒。従兄の山本鼎《かなえ》の紹介で小杉未醒宅に寄宿、日本美術院研究所で学ぶ。大正三年、二科展に「庭園の少女」などが入選。翌年は「カンナと少女」が美術院展に入選。デカダンス生活のなかで肺結核を病む。六年、「湖水と女」などで院友に推され、八年、「松と楓」などにより美術院賞。没後、『槐多の歌へる』、『槐多の歌へる其後及び槐多の話』が注目された。一九一九（大正八）年二月二十日、二十二歳のいのちが燃えつきた。

村山槐多

一九一八（大正七）年十二月

遺書

自分は、自分の心と、肉体との傾向が著しくデカダンスの色を帯びて居る事を十五、六歳から感付いて居ました。

私は落ちゆく事がその命でありました。

是れは恐ろしい血統の宿命です。

肺病は最後の段階です。

宿命的に、下へ下へと行く者を、引き上げよう、引き上げようとして下すった小杉さん、
鼎さん其の他の知人友人に私は感謝します。

たとえ此の生が、小生の罪でないにしろ、私は地獄へ陥ちるでしょう。最底《ママ》の地獄にまで。

さらば。

一九一八年末　　村山槐多

大正八年、村山槐多という天才児が忽然とこの世を去った。二月十八日、雪まじりの嵐のなか、家を飛びだした槐多は、草むらに倒れているのを発見され、二日後、「柿の樹七本、松三本」、「白いコスモス」、「飛行船のものうき光」と、描きかけの絵のモチーフのうわごとを言い、中学生のとき恋した美少年の名を口にし、「お玉さん、美しいお玉さん」ともつぶやきながら死んでいった。

年末にこの遺書をかいた大正七年の槐多は、四月、美術院への出品作で前年につづいて賞金を受けたが、神にいのるような敬虔さで描きつづける自画像と、生殖器の絵にうずもれて暮らし、突然、結核性肺炎にかかる。秋、転地療養のために九十九里浜へ行き、外房を放浪、ある日は一升ビンを持って岩礁にかけあがり、血を吐きながら飲みつづける無茶をしていた。助けられて東京牛込の両親のもとにいたが、代々木村のあば

ら屋で独居する。代々木という東京の田舎風景のなかに身を置いて、ようやく心やすらかに綴ることができた遺書である。

槐多は小学校のときから教師の手におえないヤンチャぶりで、しかし成績は主席の早熟な読書家だった。京都一中時代も悪戯はひどかったが、絵よりも詩に熱中し、たくさんの回覧雑誌をつくって、詩と小説、戯曲を発表した。

中学二年のとき、十六歳年上の従兄の山本鼎が、洋行する前に京都の村山家に寄った。山本は北原白秋らと芸術グループ「パンの会」に集まった新進洋画家だった。槐多は従兄に刺激され、山本は彼の画才に驚いた。息子を農業技師にさせるつもりだった中学教師の槐多の父との衝突はまぬがれない。

山本鼎はパリのアトリエで槐多の絵を小杉未醒に見せて、「この少年は悍馬だ。君ならば御せるかも知れない」といって、先に帰国する未醒に槐多を託した。パリから槐多宛に応援の手紙も書いた。大正三年、彼は反対する両親の家を出奔し、信州の山本家をステップとして、上京、未醒宅に居候になり、絵の世界に邁進していくことになる。遺書のなかで、「小杉さん」「鼎さん」に感謝しているわけである。

未醒の家の庭で描いた「庭園の少女」ほか三点が第一回二科展に入選。四年には「カンナと少女」を美術院展に出品し院賞受賞、デビューは順調だった。東京へ引越した両親との不仲は避けられなかったが。五年、根津の「おばさん」と呼ぶ家に下宿して、絵のモデルにきたお玉に恋をした（彼の母の名もオタマだった）。が、逃げたお玉のあとを、追いかけ追いかけ、失恋する。飛騨の山中へ、伊豆大島へと漂泊したり、根津の「おばさん」を愛してしまい、彼女のために両国の工場で働くこともした。愛と喪失からデカダンスになる槐多にとって、美少年も、どの女性もプラトニック・ラブではあった。

身は襤褸《ぼろ》をまといつつ、槐多の作品は高貴だった。詩にも絵にも金、赤、紫などの色彩があった。

槐多は亡くなる十三日前にも、もう一通の遺書を書いた。「神に捧ぐる一九一九年二月七日の、いのりの言葉」にはじまり、血族をうらみ、かなしみ、「生きた屍《しかばね》です。神よ、一刻も早く私をめして下さいまし」、しかし「自殺する事はいたしません」と書いた。

　翌年刊行された遺稿集『槐多の歌へる』には、山本鼎が跋文、小杉未醒が序文を書き、有島武郎、与謝野寛、晶子、高村光太郎、芥川龍之介、室生犀星が熱烈な推賞文を寄せた。とくに有島は「著作評論」誌に、詳細な『槐多の歌へる』論を発表し、そしてまた、自分の書斎に飾っていた「カンナと少女」の価格百円を墓石の資金に提供したり、青年画家たちとモデル娘が登場する戯曲「ドモ又の死」のなかに、槐多の詩「一本のガランス」を朗読するシーンを入れたり、槐多の夭折を惜しむ、有島の思い入れのほどがわかることばかりだ。


　昭和十年九月に高村光太郎が作った詩「村山槐多」がある。「槐多は下駄でがたがた上つて来た。」ではじまり、二連目は「いつでも一ぱい汗をかいてゐる肉塊槐多。／五臓六腑に脳細胞を偏在させた槐多。／強くて悲しい火だるま槐多。／無限に渇したインポテンツ。」という。

　草野心平を詩の世界に誘ったのも、村山槐多との遭遇だった。全身を以て絵画にも恋愛にも突き進んだ彼の光芒に魅了されたのが、若き日の心平で、晩年の『私の中の流星群』でも、「槐多よ。……たった一度でもいいから君と話したかった。」と、逢わなかった彼に呼びかけている。

森鷗外が綴る

森鷗外　もり・おうがい　一八六二（文久二）年、石見国（島根県）津和野の藩主典医の家に生れた。小説家、戯曲家、評論家、翻訳家。本名は林太郎、別号は鷗外漁史、千朶山房主人、牽舟居士、観潮楼主人ほか多数。東大医学部卒。軍医となりドイツに留学。九州小倉に赴任中、明治三十五年、荒木志げと再婚。陸軍軍医総監、帝室博物館長などを歴任。「舞姫」、「即興詩人」、「ヰタ・セクスアリス」、「妄想」、「雁」、「阿部一族」、「渋江抽斎」など幅広い文学活動をした。一九二二（大正十一）年、萎縮腎と肺結核のため本郷区千駄木の自宅で、六十歳で他界した。

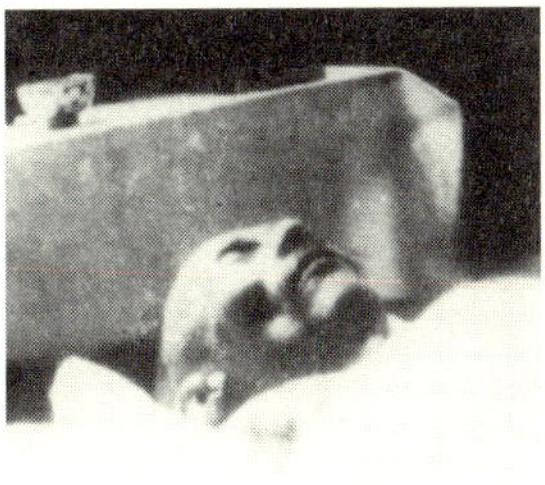

臨終の森鷗外

一九二二（大正十一）年七月六日

余は少年の時より老死に至るまで一切の秘密無く交際したる友は賀古鶴所君なり。ここに死に臨んで賀古君の一筆を煩わす。死は一切を打ち切る重大事件なり。奈何なる官憲威力と雖も、これに反抗する事を得ずと信ず。余は石見人森林太郎として死せんと欲す。宮内省、陸軍、皆縁故あれども、生死別るる瞬間、あらゆる外形的取扱を辞す。森林太郎として死せんとす。墓は森林太郎墓の外一字もホル（仮名でも好いよ）可からず。書は中村不折に依託し、宮内省、陸軍の栄典は絶対に取りやめを請う。手続はそれぞれあるべし。これ唯一の友人に云い残すものにして、何人の容喙をも許さず。

大正十一年七月六日

森林太郎言（拇印）

賀古鶴所《かこつるど》書

大正六年十二月、帝室博物館総長と図書頭《ずしょのかみ》の兼務を任ぜられた森鷗外は、翌年から秋ごとに正倉院曝涼のため、奈良に出張した。亡くなる年はイギリスの皇太子の正倉院御物の見学に立会うために、四月末から最後の奈良行きをした。

下肢がむくみ、身体が衰えた自覚から、死の近いことに気づいていたが、妻にも言わなかった。五月、友人の賀古鶴所（耳鼻咽喉科病院長）に、はじめて病気のことを告白した。しかしその話は、最後の著書『元号考』の執筆をやめて一年延命するか、やめずに一年早く死ぬか、むろん後者をとって、どんな名医にも診てもらわないという考えだった。なんのことはない、医学界の権威であるのに、鷗外という人は医者にかかることも薬をのむことも、大嫌いなのだった。

六月五日、ようやく通勤をやめて寝ついた。その頃、どれほど検尿をすすめても応じてくれないので、妻は眼がふさがってしまうほど泣きつづけた。六月十九日、やっと賀古鶴所に尿の小瓶を届ける手紙を書いた。「読んでごらん」と、妻に言った。「これは小生の小水には御座なく、妻の涙に御座候」とある。妻は泣き笑いの表情をしただろうが、この手紙が絶筆になるとは知るよしもない。二十九日、はじめて診察を受けて、萎縮腎と重い肺結核を確認した。

子ども好きな父のすがたは、のちに娘たちによって描かれて残された。机に向かっている父の背中に飛びついても膝に乗っても、「よし、よし、おまりは上等よ」と言った鷗外の、幼い長女茉莉への微笑、「アンヌコヌコヌコ」と呼ぶ次女の杏奴《あんぬ》と「ボンチコ」と呼んだ男の子の類《るい》を両方の膝にあおむけにして、目薬をさしてやるときの毎朝の微笑。学校まで子どもを送ってから役所へ行く軍服姿、試験のときは博物館の自分の部屋で勉強させ、勤めの帰りにクリームパンやジャムパンをおみやげに買ってくるパッパ。

三月、先妻との間の長男於菟《おと》はドイツに留学し、山田珠樹と結婚した茉莉が夫のいるパリへと、兄とともに旅立っていた。臨終のショックを見せないように、杏奴と類は親類に預け、小倉での新婚生活以来の妻とふたり居となった。悪妻といわれた志げだが、夫をいたわり、夏野菜のあっさり煮に砂糖がけの果物の甘煮をならべた膳に、夫婦で向き合うことができた。

これは、家庭の鷗外の一面がまったく出てこない、ふしぎな遺書である。七月六日、鷗外が口述し、賀古が筆記した。鷗外の遺言状といえば、漢字とカタカナで句読点なしの、清書されたものに限られているが、ここでは森於菟・森潤三郎の編著から「臨終口授」を故意に採った。弟が傍にいて、メモをしたのだろう。正式なものと内容は同じだが、「ホル（仮名でも好いよ）」と、鷗外の声が聞えるところが面白いではないか。

それにしても官の最高の権威者であった鷗外が、野にある一個人としての死を、断固として主張する激しさ。明治五年十歳のとき上京して以来帰ったこともない、石見国（島根県）津和野の人としての意識を、あえて強調したのも謎めいている。むきになって「官憲」を拒絶しているが、「それのなかに彼の四十年以上の生涯があった」と中野重治はいい、松本清張は「長州閥」への復讐だといった。栄典も拒否しているが、危篤の報道で天皇皇后からワインが贈られ、従二位に叙せられた。

八日、見舞いにいった永井荷風の日記には、「昏々として眠りたまえり。鼾声唯雷の如し」とある。昏睡にはいる直前まで、微笑って妻を励ましていたが、鷗外の最後の言葉は、「馬鹿馬鹿しい」という呟きだったといわれている。

ドイツで解剖学を研究している長男に、妹喜美子の夫小金井良精が電報を打った。「rintaro jinzobyo yasurakani shisukaeruna」と。茉莉には病気のことを知らせてはいけないと、鷗外は妻にくぎをさしていた。

鷗外の死んだ年、書斎の前にある沙羅の木の白い花が咲き乱れ、根もとの根府川石の上に、花のかたちのまま次ぎつぎと散った。生前の夫がしたように花をひろった妻は、位牌に供えていたが、翌年は枯木になってしまったという。

津和野の藩主亀井家の墓所であった向島の弘福寺に埋骨されたが、関東大震災で寺が焼けたので、昭和二年、府下三鷹村の禅林寺に移された。遺言状どおり「森林太郎墓」とだけ刻まれた鷗外の墓前と知ってか知らずか、太宰治の墓と向かいあっているので、若者の足が踏みつけてしまう。

芥川龍之介が綴る

芥川龍之介　あくたがわ・りゅうのすけ　一八九二（明治二十五）年、東京京橋区入船町の新原家に生れたが、母の実家芥川家の養子になる。小説家。ペンネーム柳川隆之助、号は澄江堂主人、寿陵余子など、俳号は我鬼。東大英文科卒。第三、四次「新思潮」同人。在学中の「鼻」が夏目漱石の激賞を得る。横須賀の海軍機関学校教官に赴任。大正七年、塚本文と結婚。大阪毎日新聞社社員となり、海外視察員として中国に赴く。帰国後、健康すぐれず、湯河原、鎌倉、軽井沢、鵠沼海岸へと転地静養を繰り返しながら執筆し、その間、二度目の長崎行きや死の年の大阪、北海道、東北の講演旅行も果たす。大正六年の『羅生門』から昭和二年六月の『湖南の扇』まで十二冊の短篇小説集がある。一九二七（昭和二）年七月二十四日、田端の自宅で睡眠薬の致死量を飲んで自殺した、三十五歳。

芥川龍之介と長男比呂志

わが子等への遺書

一九二七（昭和二）年七月

わが子等に

一　人生は死に至る戦いなることを忘るべからず。

二　従って汝等の力を恃《たの》むことを〔忘る〕勿れ。汝等の力を養うを旨とせよ。

三　小穴隆一*を父と思え。従って小穴の教訓に従うべし。

四　若しこの人生の戦いに破れし時には汝等の父の如く自殺せよ。但し汝等の父の如く、他に不幸を及ぼすを避けよ。

五　茫々たる天命は知り難しと雖《いえど》も、努めて汝等の家族に恃まず、汝等の欲望を抛棄《ほうき》せよ。是《これ》反って汝等をして後年汝等を平和ならしむる途なり。

六　汝等の母を憐憫せよ。然れどもその憐憫の為に汝等の意思を枉《ま》ぐべからず。是亦却《かえ》って汝等をして後年汝等の母を幸福ならしむべし。

七　汝等は皆汝等の父の如く神経質なるを免れざるべし。殊にその事実に注意せよ。

八　汝等の父は汝等を愛す。（若し汝等を愛せざらん乎《か》、或は汝等を棄《す》てて顧みざるべし。

汝等を棄てて顧みざる能《あた》わば、生路も亦なきにしもあらず）

芥川龍之介

＊　小穴隆一＝洋画家。大正八年より親交し、芥川の著書の装幀が多い。大正十一、二年の暮れと正月、脱疽による足首切断の二度の手術に芥川が立ち会った。

妻への遺書

一九二七（昭和二）年七月

一、生かす工夫《くふう》絶対に無用。

二、絶命後小穴君に知らすべし。絶命前には小穴君を苦しめ并《あわ》せて世間を騒がす惧《おそ》れあり。

三、絶命すまで来客には「暑さあたり」と披露すべし。

四、下島先生[*1]と御相談の上、自殺とするも病殺〔死〕とするも可。若し自殺と定まりし時は遺書（菊池宛）を菊池に与うべし。然らざれば焼き棄てよ。他の遺書（文子宛《あて》）は如何《いかん》に関らず披見《ひけん》し、出来るだけ遺志に従うようにせよ。

五、遺物には小穴君に蓬平の蘭を贈るべし。又義敏[*2]に松花硯（小硯）を贈るべし。
六、この遺書は直ちに焼棄せよ。

＊1　下島先生＝芥川の主治医、下島勲。俳人、随筆家として空谷と号した。
＊2　義敏＝甥で小説家の葛巻義敏。雑誌「驢馬」に参加。芥川没後は全集の編集、資料の整理に尽した。

昭和二年七月二十四日、芥川龍之介が自殺した田端の家には、養父母と伯母とともに、二十八歳の妻と、七歳の比呂志と四歳の多加志と二歳になったばかりの也寸志がのこされた。

大正十年の中国旅行から帰国後、芥川はすでに健康をそこなっていた。翌年末には「神経衰弱、胃痙攣、腸カタル、ピリン疹、心悸昂進」と、まるで病気の問屋の手紙を友人に書いた。しかし、十一年だけで六冊も単行本が出版され、長崎への旅もし、作家活動は充実していた。十二年は友人菊池寛が創刊した「文藝春秋」に協力した。

彼が小穴隆一に自殺の決意を告げたのは、大正十五年四月だった。神経衰弱が昂じて不眠症になり、妻と三男也寸志とともに鵠沼海岸に移ったが、睡眠薬の量も種類もふえるが効き目なく、幻覚症状をみた。青山脳病院院長の歌人斎藤茂吉が芥川のためにつくった薬の処方箋が遺っている。

昭和二年一月、姉の夫で弁護士の西川豊の家が全焼、放火の嫌疑をうけた西川が、千葉県土気《とけ》トンネル付近で鉄道自殺をした。芥川はその後始末のために東奔西走の渦に巻かれた。そういう心身ともに衰えた中で、「蜃気楼」や「河童」などの執筆をつづけ、また、改造社の「現代日本文学全集」いわゆる円本の宣伝講演のために、三月には佐藤春夫と大阪へ、五月には里見弴と東北、北海道へ巡業、仙台、盛岡、函館、札幌、旭川、小樽、青森でのハード・スケジュールをこなした。

小樽では銀行員で小説家の小林多喜二や中学校教師で詩人の伊藤整ら、若い文学青年の眼に、中央文壇のスター芥川の衰えた風貌が痛々しく写ったかもしれない。青森では津島修治という高校生（太宰治）が、壇上の芥川の鶴のようなすがたを、眩しく見上げたことだろう。彼は里見と別れて、新潟をまわって帰京した。その数日後、親しい宇野浩二の精神異常を知った衝撃が、自殺か発狂かという自身のおそれを加速させた。

この旅行の前月のことだが、帝国ホテルで心中を図った。道連れは妻が話し相手として紹介した平松麻素《ま す》子《こ》だった。瀬戸際に、彼女からの知らせで駆けつけた妻は、泣きながらはげしく叱った。夫に対して本気で怒ったのは、そのとき一度だけだったという。池上の東禅寺の境内で、毎日「文ちゃん」「麻素子ちゃん」と呼びあった幼馴染みの彼女と、夫が、どうして？　真相が判らないなりに、いつかわだかまりが解けて、二人の友情は晩年までつづいた。

七月二十三日は半熟卵四つ、牛乳二合の朝食をとり、家族と楽しむお昼ごはんのときも変りなかった。夜中、二階の書斎での彼は、「続西方の人」を脱稿し、遺書となる「或旧友へ送る手記」を書いた。それは「将来に対する唯ぼんやりした不安」を自殺の動機とし、縊死、轢死、ビルからの投身などは美意識にもとるから、薬品を手段とすること、死のスプリング・ボオドとして女人をもとめたが、一人で死ぬのは「僕の妻を劬《いたわ》りたいと思ったから」といった内容であった。そしてベロナールとジャールを飲み、聖書を手に、ふらふらと階段を降りていく。妻と子の寝ている部屋の蚊帳のなかに横たわった。

朝、妻子への遺書をふところにした彼は、ほんとうに死んでしまった。妻には言葉に表さないが、いたわりの真情をもって、家族と周りの人への心くばりを冷静に書き、子どもたちには、毅然として将来をも指し示しながら、愛をこめた遺書であった。

若い妻はなりふりかまわず泣き叫びたいところだ。しかし彼女は、「お父さん、よかったですね」と言った。なんども死の責め苦にさいなまれていた夫が、ようやく安らかになったのだ。そして、「人様の前で主人が恥かしい思いをしたらいけないと」、失禁を心配して、ふとんの中に手をいれてみて、安堵する妻だった。

小穴がデスマスクを描くのを見て、縁側で足を投げだしていた比呂志も父を描いた。ここで芥川の死の一ヶ月前に書いた小学校二年生の比呂志の作文「おとうさん」を、芥川瑠璃子（自殺した西川弁護士の長女、つまり比呂志の従姉で、のち比呂志夫人となる）の著書『双影』から、原文のまま借りたい。

うちのおとうさんは本を見るときも、しんぶんを見るときもたばこをのみます。そしておくわしの中では一ばんチョコレートが好きです。それからげんこうを書くときには二かいで書きます。それからばんのごはんはたいていおさしみです。そして兄弟の中では一ばんぼくがすきです。それでときどきいろいろのざっしにおとうさんの名がでます。（をはり）

父が遺書に託した想いは、のちのちまで子どもたちに通じ、指示は活かされたようだ。三人それぞれ母を大切にした。比呂志は演劇界の鬼才となり、外語大でフランス文学を学んだ多加志は、昭和二十年四月、ビルマで戦死し、母を嘆かせたが、也寸志は音楽の世界で才能を発揮した。現在、音楽の分野でも「芥川賞」と聞くだけで、私はこの遺書を連想し、なにかしら高揚感を覚える。

太宰治が綴る

太宰治　だざい・おさむ　一九〇九（明治四十二）年、青森県北津軽郡金木村に生れる。父は大地主で貴族院議員。小説家。本名は津島修治、初期の筆名は辻島衆二、小菅銀吉、大藤熊太など、俳号は朱麟堂。東大仏文科中退。青森中学、弘前高校時代「蜃気楼」、「細胞文芸」などを発刊。左翼活動に加わり、のち脱落。昭和六年、小山初代と結婚。第一創作集『晩年』を刊行した十一年、パビナール中毒で入院、翌年、初代と心中未遂後、離別。十四年、石原美知子と再婚、甲府から府下三鷹村に移転、安定して「富嶽百景」、『女生徒』（北村透谷記念賞牌）、『右大臣実朝』、『津軽』などを発表。二十年、甲府を経て郷里津軽へ疎開、『惜別』、『お伽草紙』など刊行。二十二年、太田静子を訪問、『ヴィヨンの妻』、『斜陽』。一九四八（昭和二十三）年、「人間失格」を完成し、連載中の「めし」は未完のまま、六月十三日、山崎富栄と玉川上水に入水自殺した、三十八歳。

太宰治と妻初代

小山初代への遺書

一九三〇（昭和五）年十一月

初代どの〔封筒〕

お前の意地も立つ筈だ。自由の身になったのだ。
万事は葛西[*1]、平岡[*2]に相談せよ。

遺作集は作らぬこと

借金の部
　二十円　高元より。下宿〔□〕代、若干。
　一円　せいのより、
　五円　広田より
〔貸〕、尚瓜田様より　せんたく代　若干　借りて居る。

質、五円　外套、
　二十五円　初代（高元にたのみしもの）
　?円　初代（中村にたのみしもの）
貸金の部
　一切帳消

＊1　葛西＝青森中学時代、太宰が主幹をした雑誌「蜃気楼」の仲間、葛西信造。
＊2　平岡＝弘前高校時代、一年先輩の平岡敏男。のちの毎日新聞社社長。

　弘前高校一年生の太宰治が変貌したのは、昭和二年七月、心酔する芥川龍之介の自殺を知ったショックが引きがねになったようだ。その直後から芸妓あがりの師匠に義太夫を習い、服装にも凝る。もともと蛮カラな旧制高校生の中で、彼は制服制帽のおしゃれだったが、結城紬の着物に角帯でけいこに通う伊達男となる。やがて青森市の花柳界で遊ぶようになった。馴染みは紅子こと小山初代だった。

　青森中学校時代から同人雑誌「蜃気楼」などの中心人物だったが、中学の卒業時も高校の入学成績も優秀だった太宰は、とたんに成績が下がってしまった。でも成績より彼にとって大事なことは創作だった。個人編集の雑誌「細胞文芸」などで活動し、地主階級の生家を告発する暴露小説も発表し、新聞雑誌部の委員の一人として学生運動の中にもいた。忙しくても紅子は恋しい、逢いたい、青森通いもつづいた。置屋「野沢屋」で芸妓になった紅子との逢瀬は、料理屋「おもだか」で重ねていた。

弘前の下宿でカルモチンによる自殺を図ったのは、昭和四年十二月、学期末試験の前夜だった。昭和四年、五年は津島家の悲劇の年となった。四年一月、太宰と仲良しの弟礼治が青森中学に在学中に敗血症で急死、五年六月には、三兄の圭治が病没した。この兄は美術学校に学び、津軽の家に東京の芸術的な雰囲気をもたらしていた。弟と兄の死の間に、修治の訃報まであってはたまらない、まずは未遂でよかったと、家族は安堵したものの、狂言自殺のくせがつきそうな気配もあったようだ。

五年四月、東大仏文科に入学、先輩の勧誘にのって共産党のシンパ活動に加わった。「女とは遊んでも、アカにだけは関わるな」。これが亡父からの教えだった。父親代りの長兄文治は、太宰の「地主一代」の連載を、圧力で中絶させたが、東京での左翼運動はどうも本気らしいとにらんだ。

十月、芸妓紅子（初代）が、青森から太宰のもとへ出奔してきた。もともと太宰が初代に、「東京で一緒に暮らそうよ」と囁いていたのかも知れない。結婚というより、馴染みの芸者と同棲したい、それをロマンとする空気が、むかしの文学青年にはあったようだ。そういうケースは、戦後の私の知人にも、けっこう思いあたる。

初代のほうにも結婚の意志があったかどうか、実は土地の有力者からの身請け話があったので、店を脱出して上京、太宰が東駒形の大工の二階に匿《かくま》うことにした。

さっそく上京した長兄は、二人の結婚を条件に、財産分与をともなわない分家除籍の仮証文に署名させ、初代を落籍させるために、いったん青森へ連れて帰った。分家除籍とはつまり勘当ではないかと、憤慨した太宰がとった行動は、心中未遂事件だった。十一月二十四日に、津島家と小山家で結納を交わした直後である。

これはフィアンセの初代への遺書だが、まるで長年つれ添った妻への書置きメモのように、味もそっけもない走り書きだ。兄のおかげで落籍できて、自由な身で結納もすませたのだから、もういいだろう、ということか。

心中の道連れとなった、銀座のカフェー・ホリウッドの女給、十八歳の田辺あつみ（本名シメ子）には、失業中の内縁の夫がいた。酒場で意気投合した太宰とあつみは、二十八日、鎌倉の小動崎《こゆるぎさき》海岸で、カルモチンを飲み合った。そして絶命したのは女だけだった。「津島県議の令弟」の事件として、大きな三面記事となる。初代はびっくり仰天、呆然自失のあとにきた怒りに悶え、太宰を罵ったという。県会議員の長兄は苦々しい思いで辞表を出し自宅謹慎した。自殺幇助罪は起訴猶予となったが、この時の罪の意識に、太宰はいつまでも苛まれた。

翌月、傷心の太宰は青森県の碇ヶ関の温泉場へ行った。母と初代も来た。そこで仮祝言をあげたが、そのとき「母はしじゅうくつくつと笑っていた」と、太宰は書いている。

長兄による厳しい条件の本証文の交付を経て、六年二月、新婚生活が、東京五反田でスタートしたが、共産党シンパ活動のために、転々する住まいに、初代はだまって付いていった。むしろ初代も左翼勉強をし、断髪洋装のモダンガール風になっていった。彼女は夫を「お父《ど》ちゃ」、彼は妻を「ハッコ」と呼んだらしいが、友人の前では「ハツヨ」と言うつもりが訛って、檀一雄のいう「ハチヨー」となった。翌年、夏には青森警察署に、暮れには青森検事局に出頭、太宰は非合法活動から離脱した。

十年、太宰はまだ東大生だった。三月、卒業が絶望的となり、いまの東京新聞である都新聞の入社試験を受けて失敗し、鎌倉山で縊死をはかった。その後パビナール中毒や芥川賞落選による妄想的な地獄と、第一創作集『晩年』の刊行とその出版記念会という光明とが交錯した。

太宰が中毒の治療で入院中のある日、太宰が可愛がっていた親戚の画学生と初代が交わってしまった。それを告白した彼女も、知ってしまった彼も苦悩し、あげくは、十二年三月の谷川岳山麓での夫婦心中であった。が、またもや生き返った。そして初代とは離別した。

このあと太宰は終生の伴侶となる石原美知子と出会う。彼女との結婚生活が明るい中期の名作を生む土壌となった。

宮沢賢治が綴る

宮沢賢治　みやざわ・けんじ　一八九六（明治二十九）年、岩手県花巻に生れる。詩人、童話作家。盛岡高等農林学校（岩手大）卒。東京での日蓮宗布教活動を経て、稗貫農学校教諭になる。『春と修羅』、『注文の多い料理店』を出版。大正十五年、羅須地人協会を設立し、農民指導に奔走、肉体の酷使から発熱、急性肺炎に。昭和六年、東北砕石工場技師となり、東北各県、東京へと炭酸石灰の販売に尽力し、ふたたび病臥。草野心平のすすめで雑誌「銅鑼」などへの作品掲載もあったが、「銀河鉄道の夜」、「風の又三郎」など多くの作品が陽の目を見るのは没後。一九三三（昭和八）年九月二十一日、自宅で急逝した、三十七歳。

両親への遺書

一九三一（昭和六）年九月二十一日　宮沢政次郎・イチ宛

この一生の間どこのどんな子供も受けないような厚いご恩をいたゞきながら、いつも我慢《ママ》で

詩人宮澤賢治氏
きのふ永眠す
日本詩壇の輝しい巨星墜つ
葬儀はあす執行

志賀代議士
廿、五六日頃
出頭せん

花巻で手提
金庫ドロ

賢治死亡記事（岩手日報、昭和8年9月23日夕刊）

お心に背きとうとうこんなことになりました。今生で万分一もついにお返しできませんでした

　ご恩はきっと次の生又その次の生でご報じいたしたいとそれのみを念願いたします。

どうかご信仰というのではなくてもお題目で私をお呼びだしください。そのお題目で絶えずおわび申しあげお答えいたします。

九月廿一日　　賢治

父上様
母上様

弟妹への遺書

一九三一（昭和六）年九月二十一日　宮沢清六・岩田シゲ・宮沢主計・クニ宛

とうとう一生何ひとつお役に立たずご心配ご迷惑ばかり掛けてしまいました。

どうかこの我儘者をお赦しください。

清六様
しげ様
主計様
くに様

賢治

昭和二年、三年の東北の夏の冷害は悲惨だった。稲作を心配した宮沢賢治は、雨にぬれて村々を奔走した。不眠不休の「サムサノ夏ハオロオロアルキ」である。過労と粗食から、からだが衰弱して、肋膜炎で病床についてしまった。

病臥のつづいていた四年四月、東北砕石工場の鈴木東蔵が賢治を訪ねてきた。鈴木の熱意をこめて話した仕事は、かねて賢治も考えていた石灰岩を粉砕して、農村に安くて大事な肥料を提供することであった。アルカリ質の炭酸カルシウムの石灰石粉、つまりタンカルと名付けて、賢治は広告文を送るなどの協力をはじめた。そして六年二月、正式に工場の技師となり、岩手、青森、秋田、山形へと宣伝販売に歩く。前かがみに俯いて歩くような恥ずかしがりの彼が外交員になったのだ。工場は活性化したが、肥料の注文のない冬場のために、石灰岩とセメントでつくった人造壁紙のタイルを考案した彼は、その見本をトランクにつめて上京した。かつては山のように原稿を入れて東京花巻間を往復したズックの巨きなトランクは、いまの彼には重かった。四十キロもあったという。

九月二十日、上野駅に着き、神田駿河台の宿屋八幡館で死を覚悟するほどの高熱に苦しんだ。遺書はこのとき宿の便箋に、熱にあえぎながら書いたものである。浄土真宗の父に、賢治は日蓮宗の「南無妙法連華経」の題目を唱えることを請うている。賢治は国柱会の田中智学の影響で、日蓮、法華経に傾倒し、父が信仰する浄土真宗を批判、家出、上京という過去のいきさつもあった。父母にも弟妹にも、感謝とわがままを詫びる気持で書いたのだろう。

数日後の鈴木への手紙には高熱のことを書いたが、やせ我慢の賢治は家には知らせないでと頼み、それでも弱気がでたのか、「最後にお父さんの声をききたくなりました」という電話をかけてしまった。驚いた父が手配して、夜行列車で帰郷した。二十八日朝、重病人を二等寝台車から助けおろそうと、弟が花巻駅へ行くと、車内で洋服のカラーを換え、ネクタイを結んだ兄が、トランクを下げて笑いながら三等車からおりて来たという。遺書は発送されなかったが、帰宅して父に言ったことは、やはり遺書と同じく「我儘ばかりして」と「おゆるし下さい」だった。

近代文学会の二〇〇一年夏の東北北海道地区研究集会が盛岡大学であった。研究発表のあとの懇親会が花巻温泉だったので、翌朝は賢治の設計した花時計のある花壇を歩き、はるか離れた東山まで貸切りバスは走り、文化財として保管されている東北砕石工場を見せてもらった。アクセスは一ノ関から出る大船渡線で、陸中松川駅のあたりである。工場の梁にも床にも、タンカルらしい色と匂いが、今も漂っている。工場の外庭で、まったくリアルな群像がこちらを向いているのには、ギョッとした。賢治と鈴木東蔵と工員たちの記念撮影の写真をFRP製で等身大につくられたものらしい。近代文学会の一行が、生々しい群像のなかに入って記念撮影したのは御愛敬だった。

賢治が他界したのは、この遺書のちょうど二年のちの同月同日であった。二通の遺書は、大トランクの裏蓋のポケットに、一冊の手帳とともに入れられたままだったのを、どちらも死後に発見された。その手帳にいろいろ記されていたなかに、「雨ニモマケズ」がある。だから賢治といえば有名なこの詩も、「銀河鉄道の夜」や「風の又三郎」などと同じく、発表されたのは没後のことだった。

八年九月十九日は、花巻の祭りの最終日。おみこしの夜の渡御《とぎょ》を見ようと門口へ出た賢治は、肥料の相談にやってきた農民につかまり、長話をした結果、次の日は高熱に苦しんだ。二十一日、意識のはっきりしていた賢治は、「国訳妙法蓮華経を一千部おつくり下さい」と、父に遺言した。朱の表紙の色や配布文まで言い遺した。そのあとオキシフルの綿で全身を自分で拭いて、絶命した。

詩人としていちばん親しかったはずの草野心平が、賢治の初七日に高村光太郎に旅費をもらって花巻へかけつけ、遺影を見て、「このような人だったのか」と思ったとは、現代からすれば不思議なことだ。心平は中国広州の嶺南大学にいるとき『春と修羅』を読んで感動し、その地で創刊した「銅鑼」への参加を勧誘して以来のつきあいで、顔も声も知らないままに、手紙のやりとりをしていた。

昭和八年夏、やはり賢治を同人に誘って草野が企画した雑誌「次郎」は、「宮沢賢治追悼」というタイトルに変り、一号で終る。が、未知の横光利一がこの雑誌に感動したことが、最初の賢治全集刊行のキッカケになったようだ。

永井荷風が綴る

永井荷風　ながい・かふう　一八七九（明治十二）年、東京小石川区金富町に生れる。父は漢詩人で官途退官後、日本郵船の上海、横浜支店長。小説家。本名は壮吉、号は断腸亭主人など。東京外語清語科を中退。アメリカ遊学、のちフランスに渡る。明治四十一年帰国後の『あめりか物語』以来、反自然主義、耽美派の作品を発表。四十三年から大正五年まで慶応義塾仏文科教授。九年、麻布市兵衛町に偏奇館を建て居住。『地獄の花』、『すみだ川』、『冷笑』、『腕くらべ』、『おかめ笹』、『濹東綺譚』など。昭和二十年、岡山へ疎開。戦後、市川市菅野の大島五叟方に寄寓、戦中執筆した「浮沈」、「勲章」、「踊子」などが世に迎えられ、大正六年からの日記「断腸亭日乗」の公表が注目された。文化勲章受章、芸術院会員。一九五九（昭和三十四）年四月三十日、胃潰瘍の吐血のための心臓マヒにより、市川市八幡の自宅で急死した、七十九歳。

永井荷風

一九三六（昭和十一）年二月二十四日

（前略）

一余死する時葬式無用なり。死体は普通の自働車に載せ直に火葬場に送り骨は拾うに及ばず。墓石建立亦無用なり。新聞紙に死亡広告など出す事元より無用

一葬式不執行の理由は御神輿《ミコシ》の如き霊柩自働車を好まず、又紙製の造花、殊に鳩などつけたる花環を嫌うためなり。

一余が財産は仏蘭西アカデミイゴンクウル*に寄附したし。其手続は唯今の処不明なり。余が家は日本の法律にて廃家する事を得ず。故に余死する時家督相続人指定の遺書なければ法律上余が最親の血族者に定まるなり。余は余が最親の血族者が余の志を重じ余が遺産の全部を挙げて仏蘭西のアカデミイに寄附せられんことを冀《ねが》うなり。

一余は日本の文学者を嫌うこと蛇蝎《だかつ》の如し。

一余が死後に於て余の著作及著書に関することは一切これを親友〔此間約六字切取〕の処置に一任す。

一余が死後に於て、余の全集及其他の著作が中央公論社の如き馬鹿々々しき広告文を出す書店より発行せらるゝことを耻辱と思うものなり。

一余は三菱銀行本店に定期預金として金弐万五千円を所有せり。此金を以て著作全集を印刷し同好の士に配布したしと思うなり。

夜も既に沈々としてふけ渡りたれば遺書の草案もこれにて止む。

＊仏蘭西アカデミイゴンクウル＝フランスの小説家ゴンクール兄弟の兄の屋根裏部屋への招待が、アカデミー・ゴンクールに発展し、小説界の名誉ゴンクール賞が創設された。

一九四〇（昭和十五）年十二月二十五日

一拙老死去の節ハ従弟大嶋加寿夫子孫ノ中適当ナル者ヲ選ミ拙者ノ家督ヲ相続セシムルコト
其手続其他万事ハ従弟大嶋加寿夫ニ一任可致《いたすべき》事
一拙老死去ノ節葬式執行不致候事
一墓石建立致スマジキ事
一拙老生前所持ノ動産不動産ノ処分ハ左ノ如シ
一遺産ハ何処へモ寄附スルコト無用也
一蔵書画ハ売却スベシ図書館等へハ寄附スベカラズ

一住宅ハ取壊ス可シ
一住宅取払後麻布市兵衛町一ノ六地面ノ処分ハ大嶋加寿夫ノ任意タルベキ事
西暦千九百四十年十二月廿五日夜半認之
日本昭和十五年十二月廿五日
荷風散人永井壮吉

従弟　杵屋五叟事
大嶋加寿夫殿

永井荷風が大久保余丁町の家で大正六年九月十六日に書きはじめて、昭和三十四年四月三十日、市川市八幡町の自室で遺体が発見される前日まで、書き綴られた「断腸亭日記」あるいは「断腸亭日乗」は、日記文学の最高峰である。『腕くらべ』や『おかめ笹』のこと、偏奇館と名づけた麻布市兵衛町の洋館、関東大震災、芸妓関根歌の身請けと別離、私娼黒沢きみのこと等々、好奇心旺盛な荷風の行動と心情がつぶさに記録されつづけた。

二つの遺書も、この日記の中にある。昭和十一年、荷風は五十六歳だった。なぜ遺書を書く気になったかを、この日の最初に明かしている。午後は眠ってばかりいて、夕刻銀座へと思ったが顔を洗うのが面倒で行くのをやめた。夕餉のあと机に向かったが、筆をとるのがなんとなく億劫。彼は「老懶《ろうだ》」だと自覚する。ここまでは老いれば、だれもが身に覚えのあることだ。そのあとが荷風的で、「芸術の制作慾は肉慾と同じきものゝ如し」という。そして最近の肉慾について思い出し、去年は二十四、五の女に月五十円与えていたが、情夫とともに待合で秘戯をみせる淫婦で、はじめは挑発されたが、いまは飽きて逢わない。また、先月家に連れてきた女は、身の上ばなしに興味をもったが、おそらく閨中の快楽はこの女が最後だろう、と。ついに「色慾消磨し尽せば人の最後は遠からざるなり。依てこゝに終焉の時の事をしるし置かんとす」とあり、これにつづく遺書である。男の老いの自覚が死に結びつくのは性ゆえなのか。

おみこしのような霊柩車を好まないから、葬式は無用のこと、日本の文学者をへび、さそりのように嫌うこと、著作を中央公論社から出すのは恥辱と思うことなど、二月二十四日の夜更けに、本気で書いている荷風には悪いが、読む者にはなにやら可笑しい。

遺書の翌々日が、二・二六事件だった。彼はただちに騒擾を見に行きたかったが、雪降りしきり、物哀れな豆腐屋のラッパの声のみ聞いていた。翌日になって市中の光景を見に出ていった。

荷風は性欲の減退から、もう終りだと絶望して遺書を書いたが、実はこの年三月末から隅田川の東、向島寺島町の私娼街、玉の井へ通いはじめていて、くわしい観察と迷路のような地図まで、日記に書きとめられた。女に逢うより、丹念な取材、調査のための玉の井通いだったのかもしれない。それが名作『濹東綺譚』として結晶したのである。

昭和十五年十二月末に書いた「荷風散人死後始末書」を、翌年一月十日の日記に、「深夜遺書をしたゝめて従弟杵屋五叟の許に送る。左の如し」として記されている。遺書の日付の十二月二十五日の日記にはなにも記載されていないが、二十九日には、従弟が来て、男子の一人に「余が家の名跡をつがせ給わりたし」という相談をした。長唄三味線の師匠である従弟大島一雄(加寿夫)は荷風の叔父の遺子で、叔父が旧越前藩士大島家の婿養子になったが、晩年、永井の姓にかえりたい意志を果たさずに病死した事情による。生前、この遺書の一項は実行されて、十九年、大島家の次男久光氏が養子として入籍した。死後始末として「取壊ス可シ」と断言した麻布市兵衛町の住宅、出歩き屋荷風の帰るべき根城は、昭和二十年三月の東京大空襲で、蔵書画もろともに炎上、消え失せた。

昭和三十四年、胃潰瘍の吐血により窒息死した荷風の死相が、死に装束が、乱雑な部屋のありさまが、全財産を入れたボストンバッグを持ち歩く奇行ぶりが、文学をそっちのけにして無惨な形で報道された。が、個人主義を貫いた稀代の文学者にとって、これこそ理想的な孤独死ではないだろうか。四月二十九日には、近所のいつもの食堂でカツ丼を平らげた荷風の死亡推定時刻は、三十日午前三時とされた。死に際の遺書はなかったから、天皇からの祭祀料や文化勲章が飾られた仏式の葬儀が営まれ、雑司が谷墓地に葬られた。日記の中の遺書の両方で、葬式と墓石を拒否していたが、そうはいかないのが浮世の現実だったようだ。

菊池寛が綴る

菊池寛　きくち・かん　一八八八（明治二十一）年、高松市の生れ。小説家、劇作家。本名は寛《ひろし》、初期筆名は菊池比呂志、草田杜太郎。東京高師、明大、早大、一高を経て京大英文科卒。一高時代同級の芥川龍之介らと第四次「新思潮」を創刊。『恩讐の彼方に』、『真珠夫人』など。大正十二年、「文藝春秋」を創刊。出版事業とともに小説家協会、劇作家協会の発足、芥川賞直木賞の創設など作家の保護育成にも貢献した。芸術院会員。一九四八（昭和二十三）年三月六日、狭心症のため自宅で急逝、五十九歳。

長男、長女、次女への遺書

一九三六（昭和十一）年以降

母上の云いつけをよく守り、真面目に勉強し、早く職業につかれたし。

菊池寛と子供たち（左から長女瑠美子、長男英樹、次女ナナ子）

何事にても、定職あるをよしとす。
早く自分の収入にて、独立出来るよう心がけられたし。
母上に孝行せられたし。母上ほど、おん身を愛したる人なし。
父はおん身を子としたるをほこりとす。
何事につけても、お母さんに心配をかけるな。お母さんを、大切にせよ。

父

英樹どの。
よく勉強せよ。頑張れよ。青年時代努めると努めざるとは、一生の成否の岐る、所、しっかりやれ。二十までが、一番大切だ。勉強すれば、どんな事でも出来る。

＊　＊

父なき後は、よく母上の云いつけを守り、あまりぜいたくをせぬよう心がけられたし。
なるべく、職業教育を受け、独立出来るようせられたし。
着実にして真面目なる青年にして、定職ある人と結婚せられたし。
父は、おん身を娘としたることをほこりとす。

父

るみ子どの

父なき後は、何事も母上の云いつけを守り、母上に孝行すべし。
少し学問をして、何か文学的な事をやりてもよし。もう少し、女らしくなれ。

父より

ナ、子どの

＊　　＊

昭和二十三年、薄いカルピスだけしかのどを通らない胃カタルの一週間ほどを過ごした菊池寛は、三月六日、主治医と近親の数名を招いて全快祝いをした。その日、文藝春秋の池島信平はよばれていなかったが、家が近いので押しかけた。玄関の広間で上機嫌の菊池がひとりダンスのステップをふんでいた。池島が招じられた茶の間では酒がまわり、菊池も好きな寿司を食べた。そして宴から抜けて二階へあがった菊池に異変がおきた。狭心症の発作らしい。ただならぬ音に池島が駈けつけると、夫人の肩に両手をかけて、こと切れていた。発作から十分後のことで、主治医も間に合わなかった。

終戦をはさむ二十年四月から九月まで、ほかの雑誌同様菊池寛社長の「文藝春秋」もやむを得ず休刊状態。十、十一月は、長男英樹と次女ナナ子が、あいついで結婚した。二十一年三月、ＧＨＱの検閲や用紙不足のため、会社解散の宣言をしたが、佐佐木茂索、池島信平らが発起人となって、文藝春秋新社を創立、菊池は誌名を譲って協力したが、新社に関わることはなかった。兼任していた大映社長も辞任した。

翌年十月、菊池は占領軍による公職追放となる。はじめは彼も戦争に否定的だったが、戦時体制のさなか、社をあげて国に協力、奉仕したとする処分であった。リベラリスト菊池寛にとって、このパージの打撃は大きかった。彼の死因ともいわれるほどだ。もう一つ、「文藝春秋」創刊の前から目をかけていた横光利一の、年末の死と一月三日の葬儀が、菊池の死を早めたようだ。

三人の子どもへの遺書だが、内容からみて晩年ではなく、ずっと前に書かれたものらしい。長女瑠美子には定職のある真面目な青年と結婚することを希望しているが、瑠美子が横光利一夫妻の仲人で結婚したのは昭和十三年三月である。相手は遠縁の文藝春秋社員で、プロポーズはその前年の二月だと、エッセイに書いているから、もっと前かも知れない。また、長男には「二十までが、一番大切だ」とあるが、菊池が死んだとき、彼は二十四、五歳である。

かりに昭和十二年前後の遺書だとすると、菊池寛四十八歳のもっともあぶらの乗った時代に、「父なき後は」というのも奇妙だが、すでに大正十三年に狭心症の発作のとき、芥川龍之介への遺書を書いていたのだ。ともかく自らの新聞連載小説を書きながら、昭和十年に芥川賞・直木賞を設け、翌年は文芸家協会初代会長に就任し、十二年は文藝春秋社創立十五周年と菊池寛生誕五十周年（かぞえ年で）ということで華やかな祭りが催され、東京市会議員に当選し、雑司が谷に大邸宅を新築し、芸術院会員となり、中央公論社版の菊池寛全集の刊行が開始された。なんとも賑々しい最盛期に、死は隣り合わせの覚悟だったのだろうか。

三人への遺書に共通することがある。「母上に孝行」「母上の云いつけを守り」ということで、子どもの母である妻への想いが、行間にあらわれている。

大正六年、「父帰る」を発表した年、菊池は同郷の旧高松藩士奥村家の包子《かねこ》と結婚した。苦学した菊池はバーナード・ショウをまねて、資産家の令嬢を結婚の条件とした。「半自叙伝」にも書いている。薄給の新聞記者時代、金のある人か職業婦人と結婚したいと実家へ言ってやり、五、六人の候補者のなかから、写真を見ただけで結婚したこと。「しかし、私の妻はそういう持参金などよりも、性格的にもっと高貴なものを持っている女だった。私の結婚は、私の生涯において成功したものの一つである」と。

あくまでも内助を通した夫人が夫の十三回忌にはじめて書いた文章によると、同じ士族でも菊池家は名誉があっても資産がなく、奥村家はその逆だったので、養子縁組となった。まもなく小説家として独立した菊池は養子の身分をいやがり、離籍して一家を建てた。

妻は文学的に社会的にあまりに多忙な菊池の心理を「つかまえようとしてキリキリ舞い」をしたが、「とうとうお台所の奥深く子供相手に逃げこんだという始末」と述懐している。家庭円満を人間の幸せとする菊池の、表に立たない妻を大切にし、子どもを愛する遺書となったわけである。

この年の正月、菊池は三日の横光利一葬儀に読む弔辞を書いていた。そこへ年始に来た今日出海に言った。「ぼくは葬式のことを考えて、この家を建てたんだ」と。その彼の、護国寺での告別式のあと、篋底から発見された遺書があった。「私は、させる才分無くして文名を成し、一生を大過なく暮しました。多幸だったと思います。死去に際し、知友及び多年の読者各位に厚く御礼を申します。ただ皇国の隆昌を祈るのみ　吉月吉日菊池寛」という。「皇国の」とあるから、これも早い時期に書かれたのではないだろうか。

原民喜が綴る

原民喜　はら・たみき　一九〇五（明治三十八）年、広島市の陸海軍官庁用達の商家に生れる。小説家。慶大英文科卒。昭和八年、佐々木基一の姉永井貞恵と結婚。十一年から「三田文学」に多く作品を発表する。十七年、千葉県立船橋中学の英語教師に就職。十九年、朝日映画社の嘱託になり、妻と死別。二十年、広島の兄の家に疎開、原爆投下にあい、広島郊外の八幡村に転居。翌年上京、慶大夜間中学に就職。二十二年、「夏の花」（水上滝太郎賞）、「吾亦紅」、「廃墟から」など発表。翌年、神田神保町の丸岡明宅に下宿し、「三田文学」を編集、「近代文学」同人になる。二十五年、武蔵野市吉祥寺に転居、広島のペンクラブ主催の平和講演会に参加。「鎮魂歌」、「魔のひととき」、「心願の国」、『原民喜詩集』など。一九五一（昭和二十六）年三月十三日、吉祥寺西荻窪間の国鉄線路に身を横たえ自殺、四十五歳。

原民喜

佐々木基一への遺書

一九五一（昭和二十六）年三月

ながい間、いろいろ親切にして頂いたことを嬉しく思います。僕はいま誰とも、さりげなく別れてゆきたいのです。妻と別れてから後の僕の作品は、その殆どすべてが、それぞれ遺書だったような気がします。

岸を離れて行く船の甲板から眺めると、陸地は次第に点のようになって行きます。僕の文学も、僕の眼には点となり、やがて消えるでしょう。

今迄発表した作品は一まとめにして折カバンの中に入れておきました。もしも万一、僕の選集でも出ることがあれば、山本健吉と二人で編纂して下さい。そして著書の印税は、原時彦に相続させて下さい。

折カバンと黒いトランク（内味とも）をかたみに受取って下さい。

甥（三四郎）が中野打越一三　平田方に居ます。

では御元気で……。

遠藤周作への遺書

一九五一（昭和二十六）年三月

これが最後の手紙です。去年の春はたのしかったね。では元気で。

昭和二十年八月四日、原民喜は黄色い小さな夏の花をもって、墓前で妻に話しかけていた。広島の街が妻の新盆の十五日まで無事かどうか、という思いからの四日という日の墓参であった。

病妻とともに生き、死んだ妻とともに生きていた原民喜は、この年一月、千葉の住まいを畳んで、ふるさと広島の兄の家に疎開した。八月六日、原子爆弾が炸裂したとき、厠にいた原は、頭に一撃をうけ、眼から血が出ていた。惨状のなか、東練兵場で二日の野宿ののち、八幡村の農家に避難し、苦難のあばら屋生活が始まった。

被爆した日から克明に「原爆被災時のノート」を手帳に記録し、衰弱したからだで、作品を書きつづけていた。妻の弟佐々木基一が平野謙らとともに、雑誌「近代文学」への送稿を原に依頼した。送られてきた作品「原子爆弾」を読んで、同人みんなが傑作だと言った。しかし、ＧＨＱの検閲の時代、原爆の記録の掲載はあきらめざるを得なかった。この原稿が、タイトルを「夏の花」と変え「三田文学」に発表されたのは、二十二年六月だった。前年四月、原は凄まじい超満員列車で上京していた。焦土の東京で、住みかに窮しながら、やはり彼は死とともに生きた。

神田神保町の焼け残ったビルに、能楽書林を営む先輩作家の丸岡明がいた。丸岡は『夏の花』を出版し、原に一室を貸した。ここで「三田文学」編集にかかわった時期、極端に無口な暗い原にも、喧騒の街での、埴谷雄高や野間宏らとの酒場づきあいのにぎわいもあった。

二十五年、静かな郊外の吉祥寺に移ると、来る人もとだえ、雨戸を半分だけあけて黙々と机に向かう日々となる。が、四月には広島でのペンクラブの平和の会に参加、五年ぶりに帰郷した。

次の年、ある日、原は線路ぎわの草むらに白い子犬の死骸を見た。広島上空で炸裂した閃光とそれにつづく地獄絵が、心身につきまとわれている原にとって、子犬のやすらかな沈黙が胸にしみた。その五日後、近くの焼酎ホールでかなり飲んだあと、中央線西荻窪の駅から二百五十メートルほどの鉄路上に身を横たえた。彼が轢かれたのは三鷹行きの最終電車だった。ポケットの名刺で身元がわかり、翌朝かけつけた友人たちが、ムシロに覆われた遺体を棺におさめた。

自室の机の上に十七通の遺書が残されていた。二通の遺書には「碑銘」と題する詩稿を書き添えていた。「遠き日の石に刻み／砂に影おち／崩れ墜つ　天地のまなか／一輪の花の幻」。この「花の幻」は、亡き妻のことだった。

佐々木基一への遺書には妻との死別のつらさが尾をひいていて、切ない。このほか兄、妻の母、丸岡明、「群像」編集長の大久保房男らへ。遺書はすべて簡潔な、別れの挨拶であった。

遠藤周作宛も、この一行だけだが、一行の中に大事なことがひそんでいる。孤独な原民喜の晩年に、ふと知り合った恋人というより親子のような年の差の女性がいた。能楽書林の近くに住む、丸の内の貿易会社の英文タイピストで、口数の少ない清楚な人だった。コーヒーショップへも一人では少女を誘えない原は、後輩の遠藤か大久保を連れ出したが、小声でボソボソした原の彼女への話しようが、また話の内容が、まるで大正時代だね、アホクサと、いつも悪戯っぽい二人は、彼のぎこちなさを笑ったものらしい。

「去年の春はたのしかったね」というのは、原、遠藤、少女らが、小田急多摩川でボートを漕いだことがあった。一張羅の背広に赤いネクタイの原が、手で水をすくいながら、「ぼくは、ヒバリ、です」「麦畠のなかでヒバリになって、空をとんでいきます」と言った。その「幸福そうで、嬉しそうだった」のが、「去年の春」にあたる。その夏、フランス留学に旅立つ遠藤を、丸岡、柴田錬三郎、梅崎春生らと、横浜の岸壁で見送った原は、「去っていくのは遠藤ではなく、本当は私なのだと思った」と、死の直前に書いている。この思いが佐々木への遺書にみえる船のイメージとダブっている。遠藤はリヨンの下宿で、大久保から二通の手紙をうけた。それは原の訃報と、この遺書であった。

この少女への遺書もある。「祐子さま　とうとう僕は雲雀になって消えて行きます……僕の荒涼とした人生の晩年に　あなたのような美しい優しいひとと知りあいになれたことは奇蹟のようでした……」と、感謝と彼女の幸福への祈りをこめた別辞が、胸をうつ。彼女は吉祥寺へも来た。リルケの本を返しにきた日は、井の頭公園の池のほとりを、二人でだまって歩いた。「線路ノ闇ニ枕シテ／十一時廿一分／頭蓋骨後頭部割レ／片脚切レテ／人在リヌ」(佐藤春夫の詩)という悲惨な最期をまえにして、ときめく心に光明が射すような彼女とのひとときが持てたかもしれない。

二〇〇一年八月、「原民喜〈没後50年〉展」があった。会場は信濃デッサン館と無名館の館主である窪島誠一郎の、キッド・アイラック・アート・ホールなので、京王井の頭線明大前で私は下車した。原稿や手紙、遺書、写真とともに、弔辞が展示されていた。弔辞には個人的署名はなく、「三田文学会」と「近代文学同人一同」としか書かれていないが、実物を目にすると、まぎれもなく佐藤春夫の筆跡であり、埴谷雄高の字であった。「三田文学」昭和二十六年六月原民喜追悼号には、佐藤の詩「三月十三日夜ノ事」と、埴谷の「鎮魂歌のころ」もある。

葬儀は佐々木基一の阿佐ヶ谷の家で自由式に営まれた。山本健吉が「夏の花」の一節を朗読し、佐藤春夫が書いた三田文学会の弔辞は柴田錬三郎が読んだ。

坂口安吾が綴る

坂口安吾　さかぐち・あんご　一九〇六（明治三十九）年、衆議院議員、漢詩人坂口仁一郎の五男として新潟市に生れる。小説家。本名は炳五《へいご》。東洋大印度哲学倫理学科卒。昭和六年、「青い馬」を創刊、牧野信一が激賞した「風博士」、「黒谷村」により文壇デビュー。翌年、矢田津世子と出会い、ともに同人雑誌「桜」に加わる。蒲田の酒場のマダムとの同棲をはさんで、十一年、津世子とも別れ、「吹雪物語」を執筆。戦後、「堕落論」「白痴」により脚光を浴びる。二十二年、梶三千代と結婚、「桜の森の満開の下」、「青鬼の褌を洗ふ女」、「不連続殺人事件」（探偵作家クラブ賞）、「安吾巷談」（文藝春秋読者賞）など。ヒロポンを常用しての猛烈な執筆と、太宰治の自殺の衝撃から睡眠薬中毒が昂じて、入院、伊東へ転居する。桐生に移った翌年の二十八年、長男が誕生。精力的に取材旅行がつづいていたが、一九五五（昭和三十）年二月十七日、自宅で脳出血のため急逝した、四十八歳。

坂口安吾と妻三千代

一九五一（昭和二十六）年六月十二日

遺言状

女房三千代の籍はまだはいっておらぬが、これはそういう手続きが面倒くさくてそうなっているだけのこと、死後のわが家の始末は全部三千代にまかせる。結婚も自由。その後もひきつづいて出版のことなど管理するもよし、抛棄するもよし。抛棄するときは版権は公共事業に寄附するがよい。尚、私が人に貸した金は取り立ててはならぬ。

遺言状の正式な書式など知らぬが、私の遺言状はこれ以外にないからこれを正式のものとする。尾崎士郎氏に立会ってもらって、これを二通作り一通は尾崎さんに保管してもらう。

尚、養子は貰うな。家名断絶せよ。以上。

昭和二十六年六月十二日

坂口安吾　印

右証人

尾崎士郎　印

昭和二十一年、「堕落論」、「白痴」を発表した坂口安吾は、一躍時代の寵児となった。この年十一月、津軽疎開から東京にもどったばかりの太宰治と、「世相」などで人気を得ながらデカダンスな織田作之助と安吾の座談会があった。無頼派の旗手の揃い踏みだったが、織田は二十二年一月急逝、太宰は二十三年六月自殺し、疾風のように二人は姿を消してしまった。

二十二年三月、安吾は新宿の酒場チトセで梶三千代に出会った。それが第一回の見合いのようなもので、二回目は二科展を見に上野へ、三回目は安吾が三千代の家に突撃した。三千代は水曜日に安吾のいる部屋に出勤する秘書になり、そして九月、ふたりは結婚した。安吾はヒロポンを常用しながら仕事に邁進した。その年の小説「青鬼の褌を洗ふ女」を三千代に見せて、「これはお前のことだ」と言ったという。

二十三年の大晦日の朝、長編小説の京都言葉をしらべるために、彼は急に出発した。当時の急行列車にスチームがはいるのは元旦からで、日ごろの催眠薬による衰弱にくわえての寒さに震えつづけの車中だった。冷えこむ京の宿で、眠れずに床のなかでイライラする一週間を過ごした。東京へ帰ってからヒロポンが入手難になったので、ゼドリンと日に五十錠ものアドルムを飲んで、仕事をしようとした。睡眠薬と覚醒剤を交互にのめば、幻聴、幻視があらわれる。二月、東大病院神経科に入院した。四月には置き手紙を残して病院を脱出。その間も作品に没頭していたが、間もなく鬱病が再発し、発狂的な発作をおこした。

二十四年八月、三千代と伊東に転地、温泉が心身に効いたのか精神が安定し、ユニークなエッセイ「安吾巷談」の連載や新聞小説「街はふるさと」で復活した。「安吾新日本地理」のために、積極的に取材旅行にも出かけた。二十六年五月、税金滞納で家財、蔵書、原稿料の差し押さえ処分があり、国税庁に異議を申し立てて、「負ケラレマセン勝ツマデハ」を「中央公論」に発表した。

こういう状況のときに書いた遺言状である。名前入りの原稿用紙に几帳面に書き、捺印したもので、宛名はないが、のこされる三千代のこれからを思いやる、妻への遺書となっている。生前は秘蔵していたようで、三千代は知らなかった。証人になっている作家尾崎士郎もそのとき伊東にいた。安吾はたえず尾崎を訪ね、二人とも褌一つで田んぼ道をあるいては、野天風呂に入りにいくという親しい仲だった。

「養子は貰うな。家名断絶せよ」とあるが、その後伊東から桐生に転居した翌年の二十八年八月、長男綱男が誕生した。薬物中毒が再発していたが、安吾は子煩悩な父に変った。坊やを乳母車に乗せて散歩したり、自分で電話をかけたことのなかった人が、綱男の声が聞きたいために、取材の旅先から必ず電話をするようになった。受話器を手に「坊や、坊や」と呼ぶ、「パパ、パパ」と応える、これだけの繰り返しで満足するパパぶりだ。

「安吾新日本風土記」を書くために行った高知から、三十年二月十五日、帰宅した。夜遅かったが、坊やが起きていたのを、大喜びした。三千代には遅ればせの誕生祝いに土佐サンゴの首飾り、綱男には帰りの機内で出たお菓子がおみやげだった。親子三人のおしゃべりは、夜中までつづいた。

翌日は、坊やをお風呂に入れると言ったが、実現しなかった。「頭痛がする、ケロリン頂戴」と三千代に言い、茶の間で横になった。そのまま、寒い朝になった。起きあがった安吾は、次の間に眠る妻と子にふとんを掛けてやり、ストーブをつけようとして、そこで「みちよ、みちよ」と少しヘンな声で呼んだ。最後のことば、「舌がもつれる」を言ったあと、全身が痙攣し、意識を失って、帰らぬ人となった。

桐生の家へかけつけた尾崎士郎、檀一雄、小林秀雄が、三千代にはこわい顔に見えた。悲痛をこえて、友の急死への憤りの形相のようだった。石川淳は綱男を抱いて、さめざめと泣いた。青山斎場での葬儀には川端康成、佐藤春夫、青野季吉が弔辞を読んだ。

夫亡きあと、三千代は銀座にバー・クラクラ（獅子文六が命名）を開店、安吾びいきの人々に応援されて、二十八年間つづけた。安吾の文学遺産の管理人の役目も果たしながら。

火野葦平が綴る

火野葦平　ひの・あしへい　一九〇六（明治三十九）年、福岡県遠賀郡若松町（北九州市若松区）の生れ。小説家。本名は玉井勝則、初期ペンネーム玉井雅夫、緒方春二、鈴木美智子など。早大英文科中退。在学中、「街」、「聖杯」創刊。芸妓徳弥（良子）と結婚。父が親分だった玉井組を継ぎ、若松港沖仲仕労働組合を結成。左翼活動で留置され、転向。「とらんしっと」、「九州芸術」、「文学会議」に参加、詩集『山上軍艦』を上梓して出征。昭和十三年、「糞尿譚」が戦地で芥川賞受賞。徐州会戦に従軍し「麦と兵隊」など兵隊三部作で朝日文化賞、福日文化賞を得たが、戦後、戦争協力者として文筆家追放指令をうける。『花と龍』、『赤い国の旅人』、『革命前後』（日本芸術院賞）など。追放解除後の文壇的活躍による過労から高血圧症となり、一九六〇（昭和三十五）年一月二十四日、自宅書斎で、睡眠薬により自死、五十三歳。

火野葦平（右）と丹羽文雄

家族への遺書

一九五九（昭和三十四）年十二月七日

遺言

火野葦平

高血圧症状がおこってから、まったく健康に自信がなくなった。いつか倒れるかわからない。もう二十年ほど生きたいが、今日にでも倒れるかも知れぬ。しかし、クヨクヨしてもしかたがないので、今、倒れて死んでもかまわない心境になった。日本文学史に残る作品もいくつか書いたし、作家としては本望だ。もちろん、まだ書きたい作品は多いが、慾ばらないことにする。気がかりなのは老母をはじめとする遺族たちだが、仲よく、私の死後について再建策を立ててもらいたい。東京の家を処分することはもちろん、友人劉寒吉*はじめ諸君に相談して、あとをなんとかやってもらいたい。いままで、みんな幸福すぎたので、すこしは苦労して人生の荒波を乗りきること。大した才能もないのに、作家として世に立ち得たことは、私の幸福であった。

昭和三十四年十二月七日朝

＊ 劉寒吉＝小倉生れの詩人、小説家。火野葦平の盟友として「九州文学」の支柱となる。

一九六〇（昭和三十五）年一月一日

第二の遺書

今年はチェホフ生誕百年祭である。ソ連の週刊誌「アガニヨク」から、これに関する原稿依頼が電報で来たので書いて送ったが、チェホフが一生病魔とたたかいながら、あれだけの作品を残したことにあらためて心うたれた。高血圧とたたかいながらでも、たおれるまでよい仕事をしなくてはならぬ。

一、もしたおれたならば、ただちに、東京の家を処理し、金になるものはすべて金に換え、根本的に生活の設計をたてなおすこと。

一、一家きょうだい力を合わせて困難に耐えること。

一、こまかい遺言はなにもしない。

昭和三十五年一月一日

玉井勝則

玉井家一同へ

一九六〇（昭和三十五）年一月二十三日

死にます。
芥川龍之介とはちがうかも知れないが、或る漠然とした不安のために。
すみません。
おゆるし下さい。
さようなら。

昭和三十五年一月二十三日夜。十一時　　あしへい

（遺書はこのメモのはじめに二つ書いてあります。脳溢血でたおれたものとあきらめて、みんな力を合わせ、仲よく、元気を出して生き抜いて下さい。）

昭和十三年、小林秀雄が文藝春秋の特派員となって、中国杭州に駐留する陸軍伍長玉井勝則こと火野葦平に、芥川賞を伝達しに行った。整列する兵隊も一歩前にでた火野も、小林に向かって気ヲツケをする、そんな陣中授賞式の光景だった。受賞作は久留米の同人雑誌に発表した「糞尿譚」だったが、火野をいちやく有名にしたのは、徐州作戦に従軍した彼の「麦と兵隊」など兵隊三部作であった。

終戦の混乱と絶望が、彼を自決にかりたて、ペンを折る決意もしたが、「生き恥」をさらす選択をした。その矢先に、占領軍による戦犯追放の指定を受けたのだから、彼のショックは大きかった。そして解除後の流行作家ぶりが、各界の人々を驚かせた。

昭和三十四年六月、高血圧症から眼底出血をおこして、「よくものがみえない」と言い、ドクター・ストップがかかったが、執筆もビールもやめなかった。氷を入れたタオルで鉢巻をして書きつづけたのは、敗戦前後の混乱期を描く千枚の大作「革命前後」で、この年五月号から「中央公論」に四ヶ月の連載予定が十二月号まで延長されたもの。最後の行を書き了えたとき、彼は涙があふれて止まらなかったという。

翌年一月二十三日の晩、連載中の「真珠と蛮人」を書きかけたまま、翌朝五時頃、心筋梗塞で急逝した。安らかな寝顔のまま横たわる巨体の彼をさすりながら、母は「まだぬくい」、「可哀そうに」を繰り返していた。

自宅に近い若松市公会堂での葬儀には、親友の丹羽文雄も宮城まり子もかけつけ、千人をこえる参列者があった。雑誌「九州文学」の追悼号には、百九人もの人が寄稿した。小説家も詩人も俳優も、豪放磊落な彼のエピソードを披露している。『麦と兵隊』以来二十冊も火野の本を手がけた中川一政装幀の『革命前後』の刊行が一月三十一日。二月の出版記念会を、彼も楽しみにしていた。その祝賀会が追悼会に一変した東京会館には、六百三十人が集まった。人々のうち誰が火野葦平の死の真相を想像しただろう。誰も知らないままで十二年が経った。

昭和四十七年三月一日の朝日新聞が、「火野葦平は自殺だった」と大きく報じた。「まさか、信じられぬ」と、半信半疑の談話が併載された。追いかけて、「文藝春秋」四月号に火野の「遺書（ヘルス・メモ）」が公表された。

次男玉井英気の文「十三回忌にあかす父の自殺」とともに。

葬儀のあと、「HEALTH MEMO」とタイトルをつけたノートを発見した。そこに遺書があったのだ。火野の長男次男三男と秘書が、ノートを持って小倉の劉寒吉を訪問、火野の突然死のショックに打ちひしがれる病身の祖母と母の生存中は、発表を伏せることを約束した。そして、なんという偶然だろう。火野の母は息子の三回忌の読経中に亡くなり、妻も夫の十三回忌の当日に病死した。そこで秘匿が解かれたのであった。

第一の遺書は「ヘルス・メモ」を書き始めた日に記された。翌日から血圧の数字と、東京と九州を駆けまわるタフな行動の記録がつづく。大晦日には、「朝風呂、気分爽快」のあと、「毎日、血圧のことを考え、ビクビクしている不愉快」とあり、明けて元旦の第二の遺書となる。ここでチェホフのことを書くとき、三月に予定しているソ連行きのことも、念頭にあっただろうか。

一月二十一日、「睡眠剤はなにをいくつ飲んだら死にますか」、「アドルム百錠ならピシャリ」、これは小説の材料の質問と思わせた主治医との会話である。二十三日には、「アクセクと、〆切に追われて原稿を書くことにも倦いた。疲れた」と書いた。それでも彼のペン一本に、飼っているライオンをふくむ五十人の扶養家族がたよっていたのだ。この日、若松の二軒と小倉の二軒と戸畑へと、タクシーで薬局めぐりをして買った睡眠薬の数字をはっきり記している。

その夜の第三の遺書。芥川龍之介の死をひきあいにしているが、自分の命日を、好きだった芥川と同じ日に選んだのだろうか。芥川に小説「河童」と絵があり、火野も河童の絵を描き、住まいも河童の意味の「河伯洞」と称した。

夜、飲み友達がおそくまで出入りしていた。その間に遠くの娘、息子に電話をかけ、東京の私邸の秘書に明朝の電話の時間を指示し、妻を抱き寝のひとときも過ごした。すべて、さりげなく、周到に別れの手筈をととのえて、死の渕へと滑りこんでいったのだろうか。

江藤淳が綴る

江藤淳　えとう・じゅん　一九三三（昭和八）年、東京豊多摩郡大久保（新宿区）の生れ。評論家、東工大、大正大教授、日本文芸家協会理事長。本名は江頭淳夫。慶大英文科卒。在学中に『夏目漱石』を刊行、文芸批評家としてスタートする。昭和三十二年、三浦慶子と結婚。三十七年、ロックフェラー財団研究員となりプリンストン大学に留学。四十二年、「季刊芸術」を創刊。『小林秀雄』（新潮社文学賞）、『アメリカと私』、『成熟と喪失』、『一族再会』、『漱石とその時代』（菊池寛賞、野間文芸賞）、『海は甦える』（日本芸術院賞）、『南洲残影』、『妻と私』など。正論大賞、芸術院会員。前年、妻を癌で喪った後の発病があり、一九九九（平成十一）年七月二十一日、鎌倉市西御門の自宅で自殺した、六十五歳。

江藤淳と妻慶子

一九九九（平成十一）年七月二十一日

心身の不自由は進み、病苦は堪え難し。去る六月十日、脳梗塞の発作に遭いし以来の江藤淳は形骸に過ぎず。自ら処決して形骸を断ずる所以なり。乞う、諸君よ、これを諒とせられよ。

平成十一年七月二十一日

江藤　淳

昭和二十八年、慶応義塾大学文学部に入学した江頭淳夫こと江藤淳は、クラスメート三浦慶子と出会った。翌年、江藤は英文科に、慶子は仏文科に進学し、日吉から三田に移ったキャンパスでの恋愛が芽生えた。江藤は四年生の昭和三十一年十一月、『夏目漱石』を東京ライフ社から刊行したが、その本の扉ウラの黄色い紙に、茶の活字でごく小さくTo Keikoと、恋人の名を印刷した。ささやかで、お洒落な本作りだ。内容は「三田文学」に発表のときから好評で、とくに独創性をほめた平野謙の序文が、本には付けられた。

翌年四月、江藤は大学院に進学し、五月、三田文学会の会長奥野信太郎の仲人で、慶子と結婚した。二人で数軒かけもちの家庭教師をする新婚生活だった。

一卵性かともいわれた似たもの夫婦の四十一年間の歴史は、伴侶の死によって崩れた。

鎌倉市西御門の家の食堂のピアノの上に並べた著書の見返しには、「慶子様　恵尊　淳夫」と献辞をしたためるのが江藤のしきたりだったが、『妻と私』と『幼年時代』だけは、その書き入れがない。『妻と私』は亡き妻への鎮魂記であり、『幼年時代』は、二章までの未完作と江藤への追悼記となったからだ。

愛妻慶子は江藤の自死の八ヶ月前、十一月七日、六十四歳でこの世を去った。済生会神奈川県病院に入院した妻に、癌を告知しないことを決断した江藤は、近くの横浜東急ホテルに泊りこんで、献身的な介護の日々をおくった。

妻の死の直後、彼は過労による急性前立腺炎で重症となる。精神的にも死と生の境をさまよう。伴侶に先立たれた人の喪失感は重くて深い。それでも妻の百日祭と納骨までは生きていなければならない、税金の申告などの雑事もある、大学の学生のことも考える、「漱石とその時代」も完成したい、これらが彼に生きる意志をもたせていた。しかし六月十日、軽い脳梗塞をおこし入院、部屋が空くのを待ってまで、妻の最期と同じベッドを切望した。

文芸家協会で五年間つとめた理事長を辞任し、『妻と私』が刊行された翌日、七月八日、退院。その二週間後の二十一日午後七時半頃、江藤淳は絶命した。

その日、自伝的作品「幼年時代」の第二回目の原稿を受けとりに「文学界」の編集長が訪問した。原稿の終りには、(つづく)の文字が記されていた。

夕方から豪雨がおそい、雷鳴と稲妻が天を裂いた。神奈川、東京ともに轟いたあの日のすさまじい土砂降りは、今でも思い出すことができる。親しい庭師には、翌朝のパンと牛乳をたのんでいる。旧制湘南中学時代からの友人石原慎太郎が紹介して三日前から住みこんだお手伝いさんを気に入り、彼女の聡明さと料理上手を喜ぶ石原への礼状を書いたばかりだった。亡妻の姪には、慶子の一年祭を十二月に鎌倉のホテルで開こうと、はりきって言っていた。

たまたま庭師とお手伝いが、そばにいなかった短い時間に、江藤は書斎でこの遺書を原稿用紙に書き、包丁を手にして浴室へ行った。手首と首筋の失血死ではなく、死因は浴槽での水死とされた。

書斎の机上には、広げたこの遺書の横に、封を切ったブランデーVSOPと、二通の封書があった。それは姪と庭師への遺書だった。キッチン横のテーブルには、お手伝いさん宛の封筒。いずれも「さようなら」と書いた。庭師とお手伝いさんには、簡潔な感謝のことばと、支払うべき代金も同封した。本名で書いた姪宛には、「慶子の所へ行くことにします」と、公的な遺書には書けなかった本心を吐露した。

吉本隆明は「江藤淳記」で、江藤の「処決」が森鷗外の遺書を連想し、それは「生涯のうち何らかの装飾があると考えたことを、すべて抹殺したいという自己限定による意思的な死後の自殺(?)」と受け取り、石原慎太郎は追悼文「さらば、友よ、江藤よ!」で、「遺書が言葉少なにいかに毅然たるものであろうと……妻恋いの末の後追い心中でしかない」、「その限りで痛ましくも、美しい」と書いた。

八月三十一日、青山斎場で文芸家協会葬が行なわれた。石原慎太郎は遺影にむかって、「今はただ慶子夫人とほおを寄せ合い、静かに眠ってくれ」と語りかけた。

江藤の商業雑誌へのデビューは昭和三十二年六月の「文学界」に載った「生きている廃墟の影」、最後の作品が「幼年時代」だった因縁から、文芸誌の枠をこえて「文学界」九月号は追悼特集を組んだ。多くの先輩友人が語り、書いたが、江藤の死の衝撃は、全国の未知の人々にもおよび、癌告知か否かについて、遺書について、自殺について、賛否の意見が渦を巻いた年であった。

レクイエム

泉鏡花が綴る

泉鏡花　いずみ・きょうか　一八七三（明治六）年、石川県金沢市下新町に生まれる。小説家。本名は鏡太郎。父は彫金、象眼細工師、母は加賀藩太鼓師の娘。北陸英和学校中退。明治二十四年、尾崎紅葉の玄関番となり小説修行。二十八年、「夜行巡査」、「外科室」が観念小説として認められる。三十二年、神楽坂の芸妓桃太郎（伊藤すゞ）を知り、三十六年、同棲するが、尾崎紅葉に叱責され、紅葉没後に結婚。『照葉狂言』、『高野聖』、『婦系図』、『歌行燈』など。一九三九（昭和十四）年九月七日、癌性肺腫瘍のため麹町区下六番町の自宅で妻に「ありがとう」と言って死去した、六十五歳。

尾崎紅葉　おざき・こうよう　一八六七（慶応三）年、江戸芝中門前町の生れ。父は角彫り師、幇間。小説家。本名は徳太郎、別号は縁山、半可通人、十千万堂など。東大政治科から和文科に転じ中退。大学予備門（一高）時代、硯友社を結成し「我楽多文庫」を創刊する。東大在学中に『二人《ににん》比《び》丘《く》尼《に》色《いろ》懺悔《ざんげ》』を刊行し、読売新聞社に入社。若くして多くの門下生を育成し、文壇の大家となる。『伽羅枕』、『三人妻』、『多情多恨』、『金色夜叉』など。一九〇三（明治三十六）年十月三十日、胃癌のため自宅で死没、三十五歳。

泉鏡花

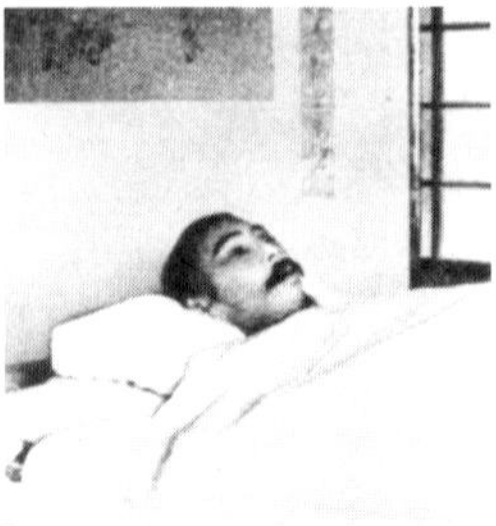

臨終の尾崎紅葉

尾崎紅葉への想い

一九〇三（明治三十六）年十一月二日

紅葉先生弔詞

門生十八人、こゝに、涙の袂を列ねて、先生に別れ奉らんとす、誠に、永き御《お》別《わかれ》にもありけるかな、乞いて留り給わん御身ならば、御袖に、取縋り、御裙《おんすそ》に、取付き申しても、今一度御顔を拝み奉らんものを、御命《おんいのち》に代る事の愜《かな》うべくは、誰も誰も勇みて代り奉らんとは願えるものを、昨日は神無月の雨寒く、今日は紅葉の名に見れど、悲しいかな、吾等が先生は逝きて帰り給わざるなり、御恩の一端だも酬い奉る事はせで、御死骸を御墓に送り奉りつゝ、今は何事も申すべき辞《ことば》なし、唯人の世に三十七年の短き御命は、やがて千載《せんざい》に朽ちぬ御名を呼びて、土の下なる御臥床《おんふしど》に安らに眠り給わん事こそ願え、あわれ七度も、はた百度《もゝたび》千度《ちたび》も文《ふみ》の林に色を添うる紅葉先生の貴き御魂《おんたましい》よ。

明治卅六年十一月二日

門下一列

文学結社硯友社の中心人物であり大学生だった尾崎紅葉の著書『二人比丘尼色懺悔』（明治二十二年）を読んで感激した金沢の十五歳の少年は、小説家を志して上京した。牛込横寺町の紅葉の門をたたいた泉鏡花は、玄関番として住み込むことが許された。紅葉の最初の内弟子である。客の取次ぎ、お使い、掃除をする玄関番だが、癇癪もちの紅葉が運動のためにする薪割り、弓、紙凧揚げにつきあうのが彼には苦手だった。くさやの干物を腐っていると思って捨てる失敗をしたり、ときには可愛がられ、ときには厳しい小説修行をし、十代の小説家がスタートした。のちに入門した徳田秋声らとともに、鏡花は紅葉門下の四天王と呼ばれた。

二十八年には、紅葉の家を出て、大出版社博文館の若主人大橋乙羽宅に移り、博文館の雑誌「文芸倶楽部」に発表した「夜行巡査」「外科室」により、鏡花は新進作家として認められた。

三十年一月から紅葉の「金色夜叉」の連載が始まった。大評判になり、小説の良し悪しはともかく、堺市の与謝野晶子の家へは、東大に在学中の兄が、熊本の漱石の家へは、東京に里帰り中の妻から、「金色夜叉」の連載紙「読売新聞」を送っていたくらいである。紅葉の病気で、連載は六年後に中絶し、完成を見ずに死を迎えたのだが。

三十二年、硯友社の新年宴会で、鏡花は神楽坂の芸妓桃太郎こと伊藤すゞを見そめた。三十六年三月、大学病院で胃癌を告知され、手術を拒否して自宅療養中の紅葉の日記に、鏡花を枕頭に呼んで折檻したとある。まだ花街に籍のあるすゞとの同棲を怒ったのだ。先生の剣幕に怖れをなして、いったん別れ、師の死を待って正式に結婚した。この時の恨みがあって、作品『婦系図』のクライマックス、ドイツ語学者酒井俊蔵から早瀬主税《ちから》が「俺を棄てるか、婦《おんな》を棄てるか」と迫られ、お蔦と切れる決意を師の面前で誓う場面が生れたようだ。

紅葉の病勢は一進一退し、八月には妻と神楽坂までアイスクリームを飲みに散歩したが、結婚して十一年目にして妻と一緒のはじめての外出とは、時代とはいえ変な夫だ。

鏡花たち門人は交替で紅葉の夜伽《よとぎ》をした。蚊帳のなかに入って、煽いだり背中をさすったり、たまにはチビリチビリ酒を飲みながらの夜伽もゆるされた。

　終焉の日、十月三十日の午前三時、遺言をするから「まずい面を持って来て、見せろ」と言われ、門人七人が枕辺に集まった。葬式は質素にすること。輿《こし》は嫌いだから、駕籠にして四隅に白蓮の造花を挿むこと。香典返しの配り物だが、焼き饅頭は好きでないから、銀座の菊の家の米饅頭、こし餡でなくつぶし餡だ、饅頭に「寿尽才不尽」の焼印をおすこと。まったくこまかい。そして、「お前たち、一冊一篇でも良いものを書け。おれも七度生れ変って文章のために尽す」と言い、笑顔で辞世の句を詠んだ。「死なば秋露のひぬ間ぞ面白き」と。一座は声をあげて泣いた。

　とつぜん妻の兄（医師）に、多量のモルヒネで止めを刺せとたのんだが、むろん兄は少しのモルヒネしか打たない。「悶え苦しんで二時間や三時間生き長らえて何になる」と、次にはピストルを所望する。やがて興奮がおさまり、金つばを食べて、門人たちと酒を一口ずつ飲み回した。

　夜があけた。「おめかしをするんだ」と、妻に言って死に化粧の香水をつけ、蒲団をきれいにして、昏睡ののち、その夜、息をひきとった。妻と一男三女が遺された。

　十一月二日、青山斎場での葬儀には、会葬者の行列千人と報道された。この弔辞は、署名はないが、門下生代表泉鏡花のものである。誰もが先生の命と代りたいと願っている死別の号泣を、華麗な美文で綴った。鏡花のまえに、硯友社同人として友人の川上眉山が書き、石橋思案が朗読した弔辞は、もっと美文調だった。弔辞がすんで、読経のなかを焼香の列がすすむとき、坪内逍遥が卒倒するさわぎがあった。

菊池寛が綴る

菊池寛　きくち・かん　一八八八（明治二十一）年、高松市の生れ。小説家、劇作家。本名は寛《ひろし》、初期筆名は菊池比呂志、草田杜太郎。東京高師、明大、早大、一高を経て京大英文科卒。一高時代同級の芥川龍之介らと第四次「新思潮」を創刊。『恩讐の彼方に』、『真珠夫人』など。大正十二年、「文藝春秋」を創刊。出版事業とともに小説家協会、劇作家協会の発足、芥川賞直木賞の創設など作家の保護育成にも貢献した。芸術院会員。一九四八（昭和二十三）年三月六日、狭心症のため自宅で急逝、五十九歳。

芥川龍之介　あくたがわ・りゅうのすけ　一八九二（明治二十五）年、東京京橋区入船町の新原家に生れたが、母の実家芥川家の養子になる。小説家。ペンネーム柳川隆之助、号は澄江堂主人、寿陵余子など、俳号は我鬼。東大英文科卒。第三、四次「新思潮」同人。在学中の「鼻」が夏目漱石の激賞を得る。横須賀の海軍機関学校教官に赴任。大阪毎日新聞社社員となり、海外視察員として中国に赴く。帰国後、健康すぐれず、湯河原、鎌倉、軽井沢、鵠沼海岸へと転地静養を繰り返しながら執筆し、その間、二度目の長崎行きや死の年の大阪、北海道、東北の講演旅行も果たす。大正六年の『羅生門』から昭和二年六月の『湖南の扇』まで十二冊の短篇小説集がある。一九二七（昭和二）年七月二十四日、田端の自宅で睡眠薬の致死量を飲んで自殺した、三十五歳。

菊池寛（左）と芥川龍之介

芥川龍之介への想い

一九二七（昭和二）年七月二十七日

弔詞

芥川龍之介君よ

君が自ら択み自ら決したる死について我等何をか云わんや

たゞ、我等は君が死面に平和なる微光の漂えるを見て甚だ安心したり

友よ安らかに眠れ！　君が夫人賢なればよく遺児を養うに堪ゆるべく　我等亦微力を致して

君が眠《ねむり》のいやが上に安らかならん事に努むべし

たゞ悲しきは君去りて　我等が身辺とみに蕭条たるを如何せん

友人代表　菊池　寛

奔放な苦学生であり読書家であった菊池寛が東京高師や明治大学を経て入ったのが一高で、そのクラスに芥川龍之介や久米正雄がいたことが、彼に影響した。とは言っても、高等学校では芥川と親しくはなかった。唇の赤い白皙の美青年だった都会派の芥川を官僚的秀才と敬遠し、対する久米や菊池は野党的秀才と自称していた。菊池は義侠心から寮の友人の罪をかぶって、一高卒業の三ヶ月前に退学、やがて京大へはいった彼

を、東大組の芥川たちが雑誌「新思潮」に誘った。芥川は夏目漱石に激賞された「鼻」、菊池は「屋上の狂人」などを発表して、「新思潮」が文壇に出る彼らの機運となる。先輩の谷崎潤一郎なども「新思潮」からデビューした話に、一高時代の菊池は誌名とは知らずに、「シンシチョウ？　キンシチョウ？」、東京の「錦糸町」あたりの地名かと思ったほどウブだったとも言われている。

京都と東京の大学をそれぞれ卒業、芥川は横須賀の海軍機関学校の教師に、菊池は「時事新報」社会部記者になった。そのころから二人はとくに親しくなり、横須賀から上京すると、田端の家へ帰るまえに、芥川は菊池のいる新聞社へ直行、肝胆相照らしていた。六年、菊池は芥川より一年早く結婚したが、芥川は第一創作集『羅生門』を出版、いちはやく新進作家としてデビューした。

八年、芥川と菊池は同じ契約条件で、「大阪毎日新聞」の出勤の義務のない社員となり、創作に専念するようになった。菊池が九年六月から連載した「真珠夫人」が大当たりで、凄まじい人気者となり、通俗小説へ転進するきっかけとなった。昨年、昼の連続TVドラマ「真珠夫人」が、なぜか高視聴率で、おっかけて出版された本も売れたようだ。大正時代の古風な「真珠夫人」が甦った二〇〇二年の珍現象だった。

それはともかく市川猿之助の春秋座で上演された菊池の「父帰る」も大成功で、のちに「半自叙伝」で「この頃が作家として黄金時代」といっている。

十二年一月、菊池は文藝春秋社を自宅で創立し、自由に発言する舞台として、「文藝春秋」をポケットマネーで発刊した。「新思潮」からの友人や横光利一、川端康成らの若手が結集した。創刊号から毎月巻頭に、芥川の「侏儒の言葉」が連載された。順風な船出の年の関東大震災による大打撃もきりぬけた。実は十二年九月号が印刷所で焼け、世の中の非常時における文学の空しさから、四国に帰って百姓になると言った菊池が思いとどまり、増員増部数の震災後の「文藝春秋」を出したのは、芥川のおかげだったのだ。

十三年十一月、菊池は芥川への遺書を書いた。「長き交誼謝す　アトヨロシク　さよなら、　そう残念でもない、満足。　文芸コーザヨロシク　芥川様　菊池」

とある。原稿用紙への走り書きであるのは、狭心症の発作をおこしたときの咄嗟の遺書らしい。「文芸講座」はこの年九月からと翌年五月からとの二回、一号から十四号まで文藝春秋社が刊行した講座で、第一号は芥川の「文芸一般論」が皮切りである。昭和二十三年の菊池の急逝の死因も狭心症であったが、この時が最初の発作だった。

菊池が遺書を渡し、後事を托すはずの芥川が、先に逝ってしまった。大震災後の混乱にとりまぎれて、「あまりに芥川を放りぱなしにしておきすぎた」と、菊池は悔恨した。死の月に彼が二度も社へ訪ねてきたことをあとで知った。すべて後の祭りだった。

その夏は記録的な暑さだったらしい。昭和二年七月二十四日、心身ともに疲労の極みの芥川は自死を遂げた。「あんまり暑いので、腹を立てて死んだのだろう」と考えたという内田百閒が、芥川家へかけつけた。百閒は「往来いっぱいの自動車の列」を見、近所の人たちが「七十台来ているよ」と言っているのを聞いた。翌日、新聞一面大のスペースで報じられたなかに、「将来に対する唯ぼんやりした不安」という動機を書いた「或旧友へ送る手記」も公表された。自宅での通夜は三日間におよび、酷暑のなかの遺体は花や香水に包まれた。

二十七日、谷中斎場での葬儀。白無垢の装束すがたの夫人と、ふだんは活発な三人の男の子の緊張した顔が、人々の涙をさそった。先輩代表の泉鏡花の美文の弔辞が「玲瓏《れいろう》、明透《めいてつ》、その文、その質、名玉《めいぎょく》山海を照らせる君よ。……高き霊よ、須臾《しばらく》の間も還れ、地に。君にあこがるゝもの、愛らしく賢き遺児たちと、温優貞淑なる令夫人とのみにあらざるなり」と読まれ、場内は森閑とした。そのあとに、友人総代の菊池が「芥川龍之介君よ」と呼びかけた。短いが毛筆で大書されたこの弔辞に、彼は真情を言い尽くそうとした。しかし菊池は読みながら絶句し、体をふるわせて慟哭。聞く人々も号泣し、彼のことばが掻き消されていたという。つづいて文芸家協会代表の里見弴、後輩代表小島政二郎の弔辞があった。

「文藝春秋」の草創期から協力した友人を記念して、菊池が芥川賞・直木賞を制定したのは、昭和十年だった。

川端康成が綴る

川端康成　かわばた・やすなり　一八九九（明治三十二）年、大阪市北区此花町の医家に生れ、両親の早世で大阪府三島郡豊川村（茨木市）の祖父のもとで育つ。小説家。東大国文科卒。一高時代、はじめて伊豆を旅する。第六次「新思潮」に載せた「招魂祭一景」が注目され、菊池寛の知遇を得て、「文藝春秋」同人となり「会葬の名人」などを発表。大正十三年、横光利一らと「文芸時代」を創刊、新進作家となる。終戦前、特攻隊基地に行き、鎌倉文士と貸本屋鎌倉文庫を開く。戦後は国際ペン大会の開催などに尽力した。『伊豆の踊子』、『感情装飾』、『浅草紅団』、『雪国』（文芸懇話会賞）、『名人』・『故園』（菊池寛賞）、『千羽鶴』（芸術院賞）、『山の音』（野間文芸賞）、『眠れる美女』（毎日出版文化賞）など。芸術院会員、文化勲章、ノーベル文学賞。一九七二（昭和四十七）年四月十六日、逗子マリーナの仕事部屋で自殺、七十二歳だった。

横光利一　よこみつ・りいち　一八九八（明治三十一）年、福島県東山温泉に生れ、父の仕事関係で各地を転々、中学時代は母の故郷三重県伊賀町柘植でおくる。小説家。本名は利一《としかず》、初期の筆名は横光白歩、兼光左馬。早大専門部政治経済科を中退。大正八年、小島キミを知る。菊池寛の「文藝春秋」の編集同人となり、「蠅」「日輪」などで文壇に登場。川端康成らと「文芸時代」を創刊、新感覚派の

横光利一葬儀で弔辞を読む川端康成

旗手となる。キミの発病と死ののち、昭和二年、日向千代と再婚。『上海』、『機械』、『寝園』、『紋章』（文芸懇話会賞）などを経て、昭和十一年、ヨーロッパ旅行の成果「旅愁」は、疎開地の山形県から帰京した戦後まで断続連載、刊行されつづけたが、未完におわる。一九四七（昭和二十二）年十二月三十日、胃潰瘍に腹膜炎を併発して世田谷区北沢の自宅で没した、四十九歳。

横光利一への想い

一九四八（昭和二十三）年一月三日

横光利一弔辞

横光君

ここに君とも、まことに君とも、生と死とに別れる時に遭った。君を敬慕し哀惜する人々は、君のなきがらを前にして、僕に長生きせよと言う。これも君が情愛の声と僕の骨に沁みる。国破れてこのかた一入《ひとしお》木枯にさらされる僕の骨は、君という支えさえ奪われて、寒天に砕けるようである。

君の骨もまた国破れて砕けたものである。このたびの戦争が、殊に敗亡が、いかに君の心身を痛め傷つけたか。僕等は無言のうちに新な同情を通わせ合い、再び行路を見まもり合っていたが、君は東方の象徴の星のように卒《にわか》に光焔を発して落ちた。君は日本人として剛直であり、素樸であり、誠実であったからだ。君は正立し、予言し、信仰しようとしたからだ。

君の名に傍《そ》えて僕の名の呼ばれる習わしも、かえりみればすでに二十五年を越えた。君の作家生涯のほとんど最初から最後まで続いた。その年月、君は常に僕の心の無二の友人であったばかりでなく、菊池さんと共に僕の二人の恩人であった。恩人としての顔を君は見せたためしは無かったが、喜びにつけ悲しみにつけ、君の徳が僕を霑《うるお》すのをひそかに僕は感じた。その恩頼は君の死によって絶えるものではない。僕は君を愛戴する人々の心にとまり、後の人々も君の文学につれて僕を伝えてくれることは最早疑いなく、僕は君と生きた縁を幸とする。生きている僕は所詮君の死をまことには知りがたいが、君の文学は永く生き、それに随って僕の亡びぬ時もやがて来るであろうか。

君の業績閲歴を今君に対って言うには僕はさびし過ぎる。ただ僕の安佚の歩みが、あるいは君に嶮難を攀じさせる一つの無形の鞭とはならなかったかと、君が孤高に仆《たお》れた今、遥かな憂えと悔いとへ僕を誘う。君と僕との文学は著しく異って現れたけれども、君の生来は僕とさほど離れた人ではなく、君の生れつかぬものが僕に恵まれているわけではなかった。君は時に僕を羨んでいた。僕が君の古里に安居して、君を他郷に追放した匂もないではなかった。開発者として遍歴者としての君の便りのなかに、僕は君の懐郷の調べも聞いていた。なつかしい、あたたかい、ういういしい人の、高い雅《みや》びの歌も聞いていた。感覚、心理、思索、そのような触手を閃めかせて霊智の切線を描きながら、しかし君は東方の自然の慈悲に足を濡らしていた。君の目差は痛ましく清いばかりでなく、大らかに和《なご》んでもいて、東方の無をも望み、東方の死をも窺っていた。

君は日輪の出現の*初めから問題の人、毀誉褒貶の嵐に立ち、検討と解剖とを八方より受けつつ、流派を興し、時代を劃し、歴史を成したが、却ってそういう人が宿命の誤解と訛伝とは君もまぬがれず、君の孤影をいよいよ深めて、君を魂の秘密の底に沈めていった。西方と戦った新しい東方の受難者、東方の伝統の新しい悲劇の先駆者、君はそのような宿命を負い、天に微笑を浮かべて去った。君は終始頭《こうべ》を上げて正面に立ち、鋭角を進んだが、野望も覇図も君が本性ではなく、君は稚純敦厚の性、謙廉温慈の人、生涯土の落ちぬ璞《あらたま》であった。君の仁沢が多く後進を育《はぐく》み、君の高風が広く世人に亙り、君が文学者として稀に浄潔和暖の生を貫いたのは、また君の作品中の精神の試案であり設計であるような若干にも、清冽の泉に稲妻立ち、高韻の詩に天の産声《うぶごえ》あったのは、君の人の美しさであった。これは君のなき後も僕の生の限り僕を導く。

君に遺された僕のさびしさは君が知ってくれるであろう。君と最後に会った時、生死の境にたゆたうような君の目差の無限のなつかしさに、僕は生きて二度とほかでめぐりあえるであろうか。さびしさの分る齢《よわい》を迎えたころ、最もさびしい事は来るものとみえる。年来の友人の次々と去りゆくにつれて僕の生も消えてゆくのをどうとも出来ないとは、なんという事なのであろうか。また今日、文学の真中の柱ともいうべき君を、この国の天寒く年暮る波濤の中に仆す我等の傷手は大きいが、ただもう知友の愛の集まりを柩とした君の霊に、雨過ぎて洗える如き山の姿を祈って、僕の弔辞とするほかはないであろうか。

横光君

僕は日本の山河を魂として君の後を生きてゆく。幸い君の遺族に後の憂えはない。

昭和二十三年一月三日

＊ 日輪の出現＝大正十二年五月「新小説」に発表の「日輪」が、横光の文壇デビュー作。

昭和二十年四月、横光利一は妻子を山形県鶴岡市の妻の実家に疎開させ、世田谷北沢の自宅「雨過山房」で自炊生活をしていたが、空襲が熾烈となり、六月、家族のもとに合流した。八月十二日、一家は同県西田川郡上郷村に移り、農家に間借り生活。三日後、戦争が終った。

十一月、川端康成から横光へ三千円の送金があった。思いがけないことに、鎌倉文庫版『紋章』出版の前金だという。それが帰り仕度金となり、同時に戦後の文壇が活動しはじめたことも彼は感じた。鳥海山も月山も、すでに雪におおわれている。気のせくままに翌月、妻子と東京へ戻った。

　日記体の作品「夜の靴」は、八月十五日から四ヶ月あまりの苦難の記録である。大酒飲みの本家の主人が料金滞納のため電気をとめられている板の間の一室に、夫婦と男の子二人。蚤だらけで眠ることもできない。日本一の米どころであるはずの庄内平野の真ん中の村での、不作と供出による米不足。煙草は山でつんだイタドリの葉で代用した。東北の鎌倉時代さながらの農村の人間ドラマ、自然風物、心境が「夜の靴」の中に綴られた。敗戦の憂きめに思いをはせる精神的な闘いが、彼の肉体を蝕んでいった。栄養失調だったかも知れない。

　第五篇で中絶していた大作「旅愁」の戦後版を書きついでいたが未完となった。二十一年六月、脳溢血の発作をおこし、蜜蜂に血を吸わせる療法も試みた。翌年六月、吐血があり、病臥したが本人も妻も周囲も、彼の終焉の年になるとは思わなかっただろう。

　十二月、「洋灯」執筆中にめまい、胃の激痛のうちに、三十日永眠した。死の前日、「ヒコーキに乗りたい」や、「怨霊がたくさん出て来よった」などのうわ言を妻は聞いた。夜が明けて、暖かい葛湯を喜んだことも、さすっている妻の手を二度きつく握ったことも、「美しい優しいまなざしで」じっと妻を見つめたことも、永訣の夫婦には救いだったにちがいない。が、敗戦苦に耐え、時代への怒りを滲ませたかのように、表情は苦しげだったという。四十九歳の横光の死に顔を、「家族会議」から「旅愁」まで多くの挿絵や装幀をした佐野繁次郎と、パリで親しくした岡本太郎が描き、本郷新がデスマスクを作った。

　翌年一月三日、自宅で告別式。菊池寛と川端が弔辞を捧げた。祭壇の遺影に眼をこらして、道なかばで倒れた悲しみにひたる人々は、読みすすむうちに川端の手がぶるぶる震えるのを見ただろうか。横光と川端が菊池寛のところで運命的な出会いをしたのは、学生時代であった。

　この弔辞のなかで、横光・川端と併称されてきた彼との、文学的かかわりを述べ、そのあと彼の性格を讃え、「生涯土の落ちぬ璞」と表現した。彼の朴訥な人柄は、菊地寛の追想によると、たとえば二人で旅行のとき、切符を買うような雑用は恩師の菊池であり、電話をかける用事をたのむと、外での電話は初めてで困りきる、という風で世事にうとい、しかしいい男だったというものだ。また、「酒というものは酔うものですなあ」と言ったという伝説からもうかがえる。

川端が「国破れて」を二回言い、最後に「山河」を出して、戦争の「敗亡」の現実と生きていく者の決意を表したが、実は自らの死の予感は早くからもっていたのではないだろうか。この後も友の死に立ち会うたびに、いや生きている日々にも。

川端に「葬式の名人」という作品があるが、彼は幼少年期にあいついで肉親と死別する孤児の体験者だった。昭和二十年代の川端にも友人先輩の死がつづいた。若き日からの友人片岡鉄兵は十九年の年末に和歌山で客死したので、正月の空襲のなかでの葬儀、鎌倉で病いに倒れた島木健作の遺体を戸板にのせて文士たちと運んだ八月終戦直後の葬送。二十一年の武田麟太郎の葬儀で、川端は初めて弔辞を読んだ。翌年の横光利一、その翌年の菊池寛の死。

弔辞が死者への手紙だとすれば、それを朗読する川端の語調はやわらかい上方のアクセントまじりで強くはないが、内容は厳然としている。それは別れゆく霊の、人となりに合わせた文体によるらしい。「弔辞の名人」「葬儀委員長あいさつ名人」と言われるゆえんだ。坂口安吾には安吾らしく、佐藤春夫には春夫らしい詩的文体の弔辞。林芙美子、堀辰雄、三島由紀夫の葬儀でのあいさつもまた、死者それぞれに相応しく固有のことばが綴られた。

室生犀星が綴る

室生犀星　むろう・さいせい　一八八九（明治二十二）年、金沢市の旧加賀藩士小畠の家に生れたが、雨宝院住職室生真乗と内縁の妻の養嗣子となる。詩人、小説家。本名は照道、俳号は魚眠洞。金沢高等小学校中退。地方裁判所、新聞記者などを経て上京、窮乏し故郷と東京往復を繰り返す。北原白秋、萩原朔太郎らと交友し、『愛の詩集』、『抒情小曲集』などを刊行。大正八年の『幼年時代』から小説家に転身。『性に目覚める頃』、『あにいもうと』（文芸懇話会賞）、『戦死』（菊池寛賞）、『杏っ子』（読売文学賞）、『蜜のあはれ』、『かげろふの日記遺文』（野間文芸賞）、『わが愛する詩人の伝記』（毎日出版文化賞）など。芸術院会員。一九六二（昭和三十七）年三月二十六日、肺癌のため虎ノ門病院で死去、七十二歳。

堀辰雄　ほり・たつお　一九〇四（明治三十七）年、東京麹町区平河町に広島藩士の子に生れ、母と向島の彫金師のもとで育つ。小説家。一高理科を経て東大国文科卒。在学中から室生犀星、芥川龍之介を師とし、大正十五年、中野重治らと「驢馬」を創刊。堀辰雄と信州と病気との終生の関わりは、関東大震災で母を喪った年からで、そこで愛と死とまた愛、が体験され、「ルウベンスの戯画」、「聖家族」、「美しい村」、「風立ちぬ」、「菜穂子」（中央公論社文芸賞）などが生れた。十六年、大和への旅。「曠野」、「大和路・信濃路」。戦後、季刊「高原」を創刊、

室生犀星と長女朝子

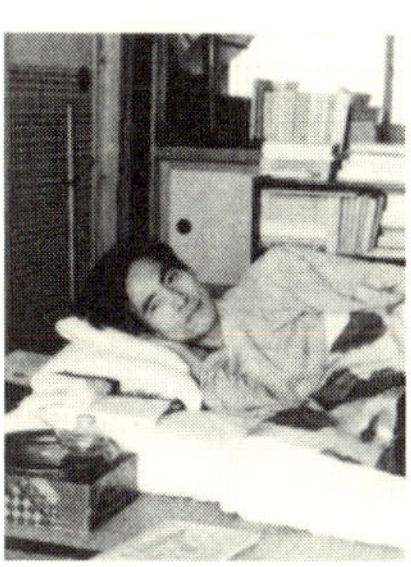

病床の堀辰雄

「四季」を再刊し、自選の『堀辰雄作品集』（毎日出版文化賞）などを得たが、一九五三（昭和二十八）年五月二十八日、肺結核のため信濃追分の新居で永眠、四十八歳。

堀辰雄への想い

一九五三（昭和二十八）年六月三日

悼詞

堀君、君こそは生きて　生きぬいた人ではなかろうか、一日の命のあたいをていねいに手のうえにならべて、劬《いた》わりなでさすって、きょうも生きていたというふうに、命のありかを見守っていた人ではなかったろうか。

君危しといわれてから　三年経ち　五年経ち　十年経っても、君は一種の根気と勇気をもって生きつづけて来た。だから君の場合、君の死に対する僕の観念はいつもやすらかであって、堀辰雄はもう一度起き直るぞと、そんなふうに僕は無理にも考えようとしていた。

だが、やはり君は死んだ。かけがえのない作家のうつくしさを一身にあつめて、誰からも愛読され、惜しまれて死んだ、君の死ということも実にこんなきょうの日のことだったのだ。君にあったほどの人はみな君を好み、君をいい人だといった。そんないい人がさきに死ななければならない、どうか、君は君の好きなところに行って下さい、堀辰雄よ、さよなら

昭和二十八年六月三日

室生犀星

大正十二年五月、一高理科乙類（ドイツ語）の学生、十八歳の堀辰雄は母校の府立第三中学校（現・都立両国高校）校長の紹介で、はじめて犀星に会いに、母に連れられて東京市外田端の室生家へ行った。その母は関東大震災の日、火の手を避けて隅田川に飛び込んだたくさんの人とともに水死し、泳ぎの上手な堀は助かった。犀星をたよって堀が軽井沢への一歩を踏んだのは、その夏だった。震災後、犀星は堀の三中の先輩芥川龍之介を紹介しておいて、ふるさと金沢に避難した。

ここに犀星、芥川、軽井沢、堀という糸がつながる。母を亡くした堀に、「来たいと思ったら何時でも来たまえ。汽車賃だけ持って来たまえ。落葉の下から水仙が伸びている古い町だ」と、犀星のあたたかい便りが届いた。で、次の年の夏に金沢へ行く。犀川で泳ぐ健康な堀の裸体を、犀星が見たのは、この時だけだった。

東大時代には犀星のバックアップで、雑誌「驢馬」が創刊された。萩原朔太郎が犀星をからかって、「堀辰雄は若殿様みたいで、君のまわりの人は美青年が多い」

と言った。たしかに、「驢馬」の同人は、「苦み走った好い男振り」の中野重治、「ちょっと惚れさせる」窪川鶴次郎（佐多稲子と結婚した）、「豊頬含羞のたわやかな」堀辰雄だと、犀星は思い当たるのだった。堀の国文科の卒業論文は「芥川龍之介論」であった。

結婚の媒酌もした犀星は、堀夫妻を愛して家族ぐるみでつきあった。堀が軽井沢の室生家を訪問するときは、「あ、さ、ちゃん」と、娘の朝子の名を呼んで入ってきた。その純粋東京弁のアクセントも気に入ったらしい。彼が多恵子夫人を「たあ、え、こ」と、妙にふくらんだ声で呼ぶようすも、犀星の回想記に見える。

犀星のこの悼詞に、「君危しといわれてから　三年経ち　五年経ち　十年……」とあるように、学生時代から病気ばかりだった堀が、喀血して絶対安静の状態になったのは、死の十年前の昭和十九年一月である。九月には信濃追分の油屋の隣りに借りた家に移り、戦中戦後の食糧難のときも、厳寒の季節も、夫人の看病がつづいた。

ストレプトマイシンの効果で病状が安定した二十六年、信濃追分の新居に移転したが、彼は寝たきりの病床から双眼鏡で書庫を見て、収める本のカードを作らねばならなかった。しかし、書庫の完成を見ることなく、大喀血のなか妻の腕に支えられて永眠した。

川端康成の「あいさつ」にあるように、五月三十日、自宅で仮葬のあと、高原の火葬場で荼毘にふされた。疎林のなかに立って野辺送りをする川端、中里恒子、室生朝子、中野重治、中村真一郎らの想い屈した顔は見えないのに、後ろ姿やうつむいた姿からその名がわかるような暗い写真が、私の眼に焼きついている。

六月三日、芝増上寺での告別式では、文芸家協会会長・青野季吉、ペン・クラブ代表・丸岡明、犀星、釈迢空、佐藤春夫、三好達治、中野重治、中村真一郎が弔辞を捧げた。「あいさつ」は死者へのメッセージではないが、川端のことばは堀に呼びかけていると思われ、ここに引いておきたい。「霊が高原の月に迎えられて昇天してゆく」感じも、夫人の長い看病へのねぎらいも、彼に聞かせたいことだった。堀辰雄の訳したリルケの詩を朗読する川端の声も。

あいさつ

川端康成

ただ今、堀辰雄君の親近者による葬儀を終りまして、告別式に移ります。葬儀委員といたしまして、ひとことお礼を申し上げます。弔辞をいただきました方々、御会葬いただきました方々、いろいろと葬儀のお世話をいただきました方々に、厚くお礼申し上げます。それからまた、生前堀君に御厚誼をたまわりまことに、故人、遺族に代りまして厚くお礼申し上げます。堀君自らは最早お礼を申し上げることが出来ませず、皆さんの堀君にたいする御追想、堀君についての御記憶が、堀君のお礼というようなことになってしまいました。

　御承知の通り、堀君は五月二十八日の午前一時四十分、忽然となくなりました。三十日の午後四時ころから、信濃追分の家で、遺族、親戚、友人たちによりまして、仮りの葬いをいたしました。追分の村の人たちも焼向《ママ》してくれました。そして軽井沢の火葬場で火葬いたしました。堀君が処女作以来、おもな作品、また最後の作品にも書きました高原、堀君の最も愛した土地であり、堀君の魂のふるさとと言いますか、そしてまたそこで長く病いを養い、そこでなくなりました高原、その高原の真中の火葬場でありました。降りつづいた雨の晴れ間で、高原の新緑が洗われ、火葬場のまわりの青草のなかに、忘れな草の花が点々と咲いておりました。そして帰ります時には、ちょうど浅間山の肩に日が静かに沈むところでありました。

　私はお骨拾いには参りませんでしたが、堀君がお骨になります時分に、追分から軽井沢へ夜みちをゆきますと、向うの山の端が明るくなりまして、それが神秘的に夜気のうるんで来るような明りを増しまして、狐火のようですか、堀君を焼く火かとはじめは思いましたが、月の出でありました。じつに大きい月が出ました。私は山越しの阿弥陀図を思いました。山越しの阿弥陀の絵にもいろいろありますけれども、弥陀の大きい半身が山から浮き出て来るのに、その時の月の出と感じのよく似たのがありまして、私は思い出したのです。これは、堀君も最後の作品の「雪の上の足跡」に「釈迢空の『死者の書』を荘厳にいろどっていたあの落日の美しさ」と書いておりまして、来迎は月の出ではなく落日なのでありますけれども、高原の月の出も来迎の図の印象に通っておりまして、私は堀君の霊が高原の月に迎えられて昇天してゆくように感じたものでした。今日、増上寺での本葬はちょうど堀君の一七日にあたります。

　堀君は五十年の半生をほとんど病気と道づれと言いますか、病気と親しんでおりまして、多恵子夫人と結婚したのが昭和十三年、それからでもおおよそ十五年、夫人の生きることは堀君の病いを見まもることだったと言えましょう。堀君が今日まで長らえたのは奥さんの丹精によりましょう。しかし、そういう風に長年病臥をつづけた作家の死にしては、奥さんのかなしみは言うまでもないことですが、それほどわれわれに暗い感じを与えません。これは堀君が非常にすぐれた作品を残したからですが、また堀君が処女作以来、死に親しむと言いますか、死について考え、死について書き、作品に死を見なれていたせいもあるかもしれません。すでに堀君をくやむ人たちが言われました通り、堀君は彼が存在するというだけで、日本の詩精神を保持し、病臥しながら読者の心のなかでも生長してゆくというような、稀有の人でありました。

　さきほど、堀君をあらわすのにふさわしい、堀君の訳によるノワイユ夫人の詩を、岸田今日子さんが朗読されましたが、私もやはり堀君の訳で、堀君の死を思わせる詩が心に浮びますので、それを朗読してあいさつを終らせていただきます。堀君の愛したリルケの「レクヰエム」の最後の数行で「風立ちぬ」の終りの章、「死のかげの谷」にあります。堀君は「死のかげの谷」を軽井沢の私の山小舎で書きました。その谷を西洋人たちは「幸福の谷」と呼んでいますが、その時の堀君は「死のかげの谷」と感じたものとみえます。

帰つていらつしやるな。さうしてもしお前に我
慢出来たら、
死者達の間に死んでお出《いで》。死者にもたんと仕事
はある。
けれども私に助力しておくれ、お前の気を散ら

さない程度で、
屢屢遠くのものが私に助力をしてくれるやうに
――私の裡で。
堀君もまた「私の裡で」、多くの人々のうちで、今

後も助力してくれるものと思います。
遺族と申しましても、多恵子夫人と養女だけであ
りまして、堀君はよい友人が多いですから、今後の
心配はないと考えますが、よろしくお願い申し上げ
ます。

小田実が綴る

小田実　おだ・まこと　一九三二（昭和七）年、大阪市の生れ。小説家、評論家。東大文学部言語学科卒、同大学院人文科学研究科西洋古典学専攻。昭和三十三年渡米、ハーバード大学で学び、ヨーロッパ、アジア各国を無銭旅行、体験記『何でも見てやろう』がベストセラーに。ベトナムに平和を！市民連合（ベ平連）、「日本はこれでいいのか」市民連合（日市連）、阪神大震災被害者支援運動などで活動。『現代史』、『ベトナムから遠く離れて』、『海冥』、『鎖国の文学』、「アボジ」（川端康成文学賞）など。ロータス賞受賞。

高橋和巳　たかはし・かずみ　一九三一（昭和六）年、大阪市浪速区に生れる。小説家、中国文学者。京大中国文学科卒。大学で一級下の岡本和子（作家高橋たか子）と結婚。定時制の高校、立命館大講師。昭和三十七年、「悲の器」（河出書房文芸賞）が絶賛され、作家生活に専心する。四十年、鎌倉に住み、明大講師になる。四十二年、母校の京大助教授に就任したが、大学闘争の渦中に巻きこまれて辞職。四十五年、小田実、開高健らと「人間として」を創刊。『李商隠』、『憂鬱なる党派』、『邪宗門』、『散華』、『我が心は石にあらず』、『わが解体』など。一九七一（昭和四十六）年五月三日、結腸癌のため東京女子医大消化器センターで死去、三十九歳。

小田実（撮影：立花義臣）

高橋和巳

高橋和巳への想い

一九七一（昭和四十六）年五月九日

とむらいのことば

小田　実

高橋和巳よ――

私はきみのレイコンが不滅で、今、そこらにフワフワとただよっている、いや、きみのことだから重苦しくユーウツに身がまえて坐っているなどとは少しも信じていないので、私が話しかけるのは私の心のなかの高橋和巳、つまり、私がいま眼を閉じるとどこからともなくたちあらわれて来るきみであって、そのきみは、きみという名前で世間が勝手に思い込んでいるような、来る日も来る日も、朝から晩まで、生まれつきの胃病患者のようにこわい顔をしているきみではない。世界の苦悩、人類の苦悩をいかにもわが身ひとつに受けているというようなありきたりの表情をしているきみではない。こわい顔をするよりいっそ笑ってやれと考える私同様、きみも笑っているのである。少年のようにはにかみながら冗談口を叩くのである。思いやりのこもったやさしい眼で世界を眺めてもいるのである。そして、私がそんなきみが好きなのは、そうしたきみの笑い、冗談口、やさしい眼の存在のゆえに、きみのきびしさのありようがひとしお身に迫って来るからだ。きみはそのきびしさをもって、世界に対し、人間に対し、思想に対し、文学に対し、あるいは、大学に対して行こうとした。きみ自身に対してそうであったことは言うまでもない。

さて、高橋よ、フワフワとそこらにただよっている、あるいは、ユーウツに身がまえて坐っているレイコンでないところの、わが心のうちにたしかなものとして存在する高橋和巳よ、きみの文学とは、まさにそうしたきびしさのかたち、ありようを示すものであったのだが、そのことにおいて、まことにみごとであったのだが、年齢の重みがきみの作品に厚みをあたえ、これまでともすれば作品の外に追いやられがちだったきみ自身の笑い、冗談口、やさしい眼、それはきみ自身のものであるとともに人間ひとりひとりのものであるのだが、そうしたものがきみのきびしさをいっそうきわだたせ深めるものとして、きみの文学にたちあらわれようとしていたとき、高橋和巳よ、きみは突然死んだ。

惜しい。くやしい。腹が立つ。そして、何より悲しい——それは実感だが、そんなことばを並べたてたところで仕方がない気がする。文学はきみにとって志であった。そのきみの志をついで、ガンバリます、という気にもなれない。そんな通り一ぺんのことば、あるいは、決意表明をうつろなものにひびかせる重さがきみの死には、私の心のなかのきみの死にはたしかにあって、いっそ、私はここで、私たちがよく冗談口を叩いて言い合っているように、ホナ、サイナラ、と一言言っておきたい。すべての気持をこめて、高橋和巳よ、ホナ、サイナラ。

一九七一年五月九日

「人間として」にたむろする友人の一人として、友人の気持を代弁しながら。

昭和二十八年夏の終りに、京大仏文科の岡本和子と中国文学科の高橋和巳が、同日同時刻にNHK（大阪）へ就職の願書を出しに行ったのは、偶然だった。同人雑誌に小説を書いている高橋の名前だけを、和子は知っていた。背の高い痩身の美青年とカラフルなブラウスの面長なオカッパの女の子と、この出会いのときが、どちらからも「一目惚れだった」と、作家高橋たか子（和子）は、『高橋和巳の思い出』で、気がひけながらも断言している。翌年、ふたりは結婚した。

大学院生の高橋が、埴谷雄高の家を訪ねていったのは、昭和三十一年だった。埴谷の『死霊』を六回読んでいたという、微笑を浮かべた寡黙な青年を、埴谷は自分の「妄想教」を「継承発展」させる分身だと感じた。

結婚以来、アパートで和子が清書しつづけた彼の原稿のうち、『捨子物語』を、三十三年に自費出版したが、文壇に無視され、文学仲間とも齟齬ができて、落ちこんでいた。が同時に、岩波書店の「中国詩人選集」の「李商隠」を担当し、彼本来の学問業績を果たしていた。

河出書房が「文芸」復刊にあたり、有力な新人を発掘するために、編集長の坂本一亀が西下した。そのとき富士正晴に選ばれた「VIKING」の同人と京都で会った。その一人が高橋だった。第一回「文芸賞」の選考委員が、高橋の敬愛する寺田透、中村真一郎、野間宏、埴谷雄高、福田恒存であることを坂本から聞き、応募しますと言った。全力投球の原稿「悲の器」をもって高橋は上京した。枚数制限八百枚を超えて、千枚近くあった。坂本は彼と新宿で飲み、自宅へ泊めて杯をかさねた。後年まで高橋とよく飲んだ坂本は、人が彼を「陰々滅々」、「苦悩教の始祖」と言うが、「私と飲むとき、きみは朗らかで、よく笑った」と、回想している。三十七年、「悲の器」は受賞した。

執筆の注文が殺到し、テレビ、ラジオで彼の作品がドラマ化された。四十年、「邪宗門」の連載と河出書房の「書き下ろし長編小説叢書」のトップバッターとなる「憂鬱なる党派」に集中するために、高橋夫妻は鎌倉市に転居した。

妻も坂本も、誰もが反対したが、請われて京大助教授として単身赴任する。学園闘争がはじまったのは、四十四年一月だった。かつて京大の教室へ招いた母校の先輩野間宏が「政治と文学」について語るのを、彼が憧憬のまなざしで仰ぎ見たように、いまや高橋が全共闘の学生から仰ぎ見られる存在であった。彼は全共闘運動に直面し、心身ともに疲れ、鎌倉に戻った。

翌年三月大学を辞職、同時に小田実、開高健、柴田翔、真継伸彦と企てた同人雑誌「人間として」を創刊、新たな文学運動を展開する。病魔におそわれたのは、その矢先だった。四月、告知されぬまま結腸癌の手術。年末、再発して再び入院し、帰らぬ人となった。

十二月二十一日から五月三日の臨終までの、和子夫人の「病床日記」がある。末期癌の猛烈な痛み、転移、絶望的な処置の記録(「辛い」「しんどい」)、見舞い人の記録、病院食のほかに妻がつくる食べものの記録(大根の味噌汁「おいしい」、春雨のサラダ「おいしかった」)、枕辺に置く花の記録、彼の所望で買ってきた釣り、旅、料理、民家の本の記録。新聞広告で鎌倉の売り家をチェックしては、見に行かせた彼女の報告を聞き、そのたびに治ったら縁側で日向ぼっこをする夢想をもったまま、彼は逝った。小田実の弔辞にも、「重苦しくユーウツ」ではない高橋の「笑い、冗談口、やさしい眼の存在」を言っているように、死の前日、カーネーションとバラと芍薬をもって病室に入った埴谷に彼の腕をさすってもらって、「もったいない」と小声で言い、別れぎわに、にっこり笑ったことも記録されている。

無宗教の葬儀場には音楽担当の坂本一亀の子息坂本龍一によるバッハが流された。葬儀委員長は埴谷雄高。京大の恩師桑原武夫と吉川幸次郎、文壇の野間宏、小田実が弔辞を読んだ。学園闘争の余波で若者の長蛇の列が青山斎場に蜿蜒とつづいた。

草野心平が綴る

草野心平　くさの・しんぺい　一九〇三（明治三十六）年、福島県石城郡上小川村（いわき市）に生れる。詩人。慶大普通部を中退、中国へ渡り嶺南大学で学ぶ。大正十四年、広州で「銅鑼」を創刊、宮沢賢治を見出す。昭和三年、結婚、最初の蛙の詩集『第百階級』刊行。十年、「歴程」創刊。十五年から中国に赴任、十八年の詩集『富士山』は南京滞在中の出版。帰国後、「歴程」を復刊。『日本砂漠』、『定本蛙』（読売文学賞）、『天』、『マンモスの牙』、『わが光太郎』（読売文学賞）、『私の中の流星群』など。芸術院会員、文化功労者、文化勲章。一九八八（昭和六十三）年十一月十二日、心不全のため所沢市民医療センターで急逝した、八十五歳。

金子光晴　かねこ・みつはる　一八九五（明治二十八）年、愛知県海東郡の大鹿家に生れ、二歳のとき名古屋の金子家の養子になる。詩人。本名は安和。早大英文予科、東京美術学校日本画科、慶大文学部予科を中退。大正八年、渡欧。十二年、処女詩集『こがね虫』。翌年、森三千代と結婚。昭和三年、三千代と東南アジアからヨーロッパへ。費用を稼ぎながら、五年間放浪。『鮫』、『マレー蘭印紀行』など。戦後、詩人志望の大川内令子と闘病生活の作家三千代との入籍、離婚を繰り返したが、四十年、三千代と最後の婚姻。『落下傘』、『蛾』、『人間の悲劇』

草野心平

金子光晴（撮影：河邨文一郎）

（読売文学賞）、『IL』（歴程賞）、愛孫賛歌の『若葉のうた』、自伝四部作『どくろ杯』、『風流戸解記』（芸術選奨）ほか。「面白半分」の編集長など、晩年の活躍でマスコミの人気者に。一九七五（昭和五十）年六月三十日、気管支喘息による急性心不全のため、吉祥寺の自宅で逝去、七十九歳。

金子光晴への想い

一九七五（昭和五十）年七月五日

弔詞　　草野心平

もう何をしゃべったって、金子さん、あんたは聞いてくれない。何をしゃべったって、それは自分にもどってくるだけです。それでも少ししゃべりたい。

病院に電話がかかってきて「金子さんが亡くなりました」。自分のいるところがボガーンと陥没したような気持ちでした。

それから自分のベッドに沈んで、到頭あの怪物も死んじゃったのか、しばらくの間は、そのことしか自分に考えは浮ばなかった。

それからだんだん金子光晴という人の仕事のことが次から次と頭の中にもりあがり、それは大きな山嶽みたいになりました。

日本の近代詩をグラッとよじまげた独自邁進の詩人がこの世から遂いにいなくなった。

いくつもの仮面をかぶり、しかし結局は仮面などかぶらず飄々とあるがままに自由に、時にはひょうきんに、そして実は痛烈に、常に一貫していたその稀有な面魂。もうろくの八十才なら何も文句はないけれど、金子さん、聞いてくれなくってもかまわない。あんたの頭の中はこれからの色んな仕事で渦巻いていた。自分はジカにそれをきいたし、聞かなくても、あんたの内部のドンランな願望とその可能性を誰も疑う者はいない筈です。

本当に惜しい。本当に残念。けれども三千代さんの嗚咽を背中でききが乍《なが》らガーゼをめくると実に、金子さん、あんたの平穏な美しい貌があった。

これは死んだんじゃあない。昼寝だ。永遠に昼寝にはいったんだと思いました。それにしても月桂樹の葉っぱ位、その眠りの額におきたいな、ともふと思ったのですが、そんなものない方があんたらしくサッパリしていていいナ、とも思ったのです。嗚呼。

一九七五年七月五日

武蔵境の日赤の病室で、金子光晴の突然死を知った草野心平は、外出許可をもらって、詩人の山本太郎と吉祥寺の金子宅へかけつけた。この弔辞は、その日の想いを死者にむかって告げようとしている。

草野のいう「怪物」とは、「オマセな幼年児」が、京都の銅駝幼稚園と小学校の同じ校庭で遊んだ二人、のちに草野が影響をうける村山槐多と金子光晴だった。槐多は彗星のごとく夭折したが、金子は五十歳を過ぎてからも草野が瞠目する詩集、自伝的作品が目白押しのモンスターであった。

大正十三年、東京女高師の学生だった森三千代は、金子との結婚、妊娠がばれて退学処分にあった。

金子と三千代の波瀾の人生は、昭和三年から五年間のアジア・ヨーロッパ放浪に象徴される。男色以外はなんでもやった夫と、モデル、女工などをして男にもてた美人妻。帰国後、それぞれの作品が認められたが、困窮は変りなく、小説家森三千代が原稿料を稼いだ。戦時下、反戦詩を書きつづけ、厳冬の山中湖での親子三人の疎開生活ののち、『落下傘』や『蛾』ほか詩集の刊行により、彼は抵抗詩人として、戦後、もてはやされることになった。

三千代は四十代前半に罹った皮膚疾患が、戦後ぶりかえして、注射ミスや誤診から悪化し、終生不治のリューマチスの身となった。昭和二十四年ごろから寝たきりになったように、どの資料にもあるが、二十九年の故郷宇治山田（伊勢市）での写真も、三十四年の自宅庭での夫妻の写真も、明るく、シャンと立っている。

二十三年、詩人志望の令嬢と出会った金子は、三千代と彼女に無断で、律儀にも法的に結婚と離婚を繰り返し、四十年に三度目の三千代との婚姻届により、森姓に入籍した。

死の前年には、「面白半分」の編集長となり、面白いエロ爺さんとしてマスコミの人気者だったが、高額所得はとりまきへの大盤振舞いに費いはたし、当人は飄々としていた。

死の一ヶ月前、長男（早大教授）に、「ぼくが死んだら、チャコさん（三千代）のこと頼むよ」と言ったという。前日まで長篇詩「六道」を書いており、その朝もコーンビーフをバターでいためミルクでのばしたのを食べてから、ちょっと具合が変といって横になって、そのまま他界した。それを聞いた草野は「よかった」と思い、その感慨を弔辞に表したのかもしれない。

すったもんだの夫妻の行路だったが、彼の命のおしまいは妻三千代のかたわらで迎え、死と同時期に上梓された共著のタイトルは『相棒』だった。柩にはいつも枕元にあったボードレールのフランス語の詩集『悪の華』を、そしてウォーターマンの万年筆、補聴器ほか必要品が納められた。

四月には旧い弟子の詩人、札幌の医学博士河邨文一郎に遺言状を書いた。三千代に印税がいくこと、葬式を廃し、何回忌の祭りも廃止、碑は不用のことのあと、「充分生きたから、死後は消滅……昔話に思出してでももらえばそれで結構毛だらけです」というもの。

葬式無用の遺言とはちがって、信濃町の千日谷会堂での無宗教の葬儀は、華やかだった。弔辞、弔詩のあと、野坂昭如がソンコ・マージュのギターで三島由紀夫の「花ざかりの森」をフォーク風に歌った。焼香のときにはパリの岸恵子の弔辞の声が、会場に流れていた。

金子光晴と草野心平という型破りの詩人の共通点は、精神的コスモポリタンでありアナーキストだったと言えそうだ。その生涯をつらぬいた個性の原点は、金子は大正八年の第一次洋行でのベルギー滞在であり、草野は大正十年からの中国広州の大きなミッション・スクール嶺南大学への留学体験であったようだ。

金子より十三年長生きして急死した草野の場合は、青山葬儀所で、無宗教の「未来を祭れ・草野心平を送る集い」が行なわれた。谷川俊太郎が弔辞のなかで朗読した詩「●（巨きなピリオド）」は、「僕もいつか／死んだら死んだで生きてゆきます」と結ばれている。これは草野が蛙をうたった最初の詩集『第百階級』にある、蛇の腹のなかから蛙のゲリゲが仲間にむかって、「死んだら死んだで生きてゆくのだ。／おれの死際に君たちの万歳コーラスがきこえるやうに。／ドシドシガンガンうたってくれ」という一節を受けているので、若い時代の草野の死の想いだが、晩年にも、「おれが死んだら、ベートーヴェンの第九の、オオ、フロイデという歓喜の合唱をみんなでガンガン歌ってくれ」と言ったという。

中川一政が綴る

中川一政　なかがわ・かずまさ　一八九三（明治二十六）年、東京本郷区西片町の生れ。画家、随筆家、詩人。錦城中学卒。若山牧水の「創作」などに短歌を投稿。大正三年、油絵を始め、翌年、岸田劉生の草土社に参加。劉生を介して武者小路実篤、志賀直哉らと出会い、「白樺」の衛星誌「貧しき者」を創刊する。石井鶴三らと春陽会を結成。「少年像」、「漁村風景」、「箱根駒ケ岳」などの作品のほか、尾崎士郎『人生劇場』、火野葦平の兵隊三部作など、挿絵、装幀も多く手がけた。詩集『見なれざる人』、『美術の眺め』、『中川一政画集』など。文化勲章受章。一九九一（平成三）年二月五日、心肺不全のため九十八歳の誕生日の直前に死去。

武者小路実篤　むしゃのこうじ・さねあつ　一八八五（明治十八）年、東京麹町に公卿華族の第八子として生れたが、幼時父を喪う。小説家、劇作家、詩人、画家。ペンネーム無車、不倒翁など。学習院高等科を経て東大社会学科を中退。明治四十三年、志賀直哉らと「白樺」を創刊。大正元年、竹尾房子と同居。千葉県我孫子を経て、七年、日向（宮崎県）に「新しき村」を建設。十一年、房子と離別、飯河安子と結婚。『お目出たき人』、『幸福者』、『友情』、『真理先生』など。芸術院会員、菊池寛賞、文化勲章。一九七六（昭和五十一）年一月、脳卒中の発作、四月九日、尿毒症を併発し狛江市の慈恵医大分院で死去、九十歳。

中川一政（右）と武者小路実篤

武者小路実篤への想い

一九七六（昭和五十一）年四月二十四日

弔辞

中川一政

武者さん

きょうここにあなたにお別れの言葉を云うことになりました。

お名残おしいことです。

私があなたに逢った時、あなたは最初の小説「お目出度き人」[*1]を出しておられました。英語も漢文もつかわない、そこいらにころがっている言葉で書いてあります。人物がどんな着物を着、どんな食物をたべているのか、何も書いてありません。尾崎紅葉や泉鏡花を読んでいた人は、こんなのは小説でないと思ったでしょう。漱石だってびっくりしたでしょう。

小説であってもなくても、かまわないでしょう。それは人間がきめた区別で、神さまがきめたのではありませんから。

しかし、わたしは屢々あなたの挿画をかきました、挿画はそうはいきません。洋服をきせてよいのか和服をきせてかくのか、椅子に腰かけているのか、畳の上に坐っているのか描かねばなりません。

あなたは私のうちに来ても、帰る時になると頭はもう次にゆく所へ行っているのです。

道ばたにタンポポが咲いていようが、菫が咲いていようが眼中にないのです。頭が早く廻転してしまうらしいのです。

昔、あなたは「あすありと思ふ心の仇桜」という歌の下の句「夜半にあらしの吹かぬものかは」という文句は気に入らない。自分なら「吹かぬ事あり」とすると云いました。

人間というものはいつ死ぬかわからない。人間はあらしのくるすきまにただ生きているのだ。

その頃、私が千家元麿[*2]の牛込の家へ遊びに行った時、あなたと岸田劉生[*3]が偶然訪ねてきました。二人は仕事の話に熱が加わり、我々の口をはさむ余地はありません。遅くなって神楽坂をぬけ、四谷見附の駅へ帰る時まで夢中で話をしていて、話につれて足が早くなり、私は走ってついてゆきました。天狗様が宙をとんでゆくようだったと、あとで千家に話しました、私は其夜の印象を今も忘れません。何をそんなに急いだのでしょう、二人をかりたてるものが、どこか見えない処にあったのでしょう。

あなたは幼い時の生い立ちで、すでに人間の無常を見たのではないでしょうか。昔なら生まれながらに坊さんになった人だったのではないでしょうか。

肩あって着ずという事なく、口あって食わずと云うことなしと云った大燈国師[*4]の求道心があなたにとって文学になったのではないでしょうか。

あなたがまだ麹町にいられた頃、正月に私は年始にゆきました、其時あなたは私の顔をモデルにしてペン画をかき私に下さいました。MUSHAとローマ字でかき、続けて下手時代とかいてありました。その頃からあなたの画ははじまりました。

あなたは文学と同じやり方で画をかきはじめました。いきなり線がきをし、色墨をぬり讃をかきました。確かに玄人の画ではありません。玄人ならもっと手間をかけるでしょう。

あなたは果して画かきでしょうか。

同時にまた詩人でしょうか文学者でしょうか、また思想家でしょうか。

それらのカテゴリーであなたは縛られない。私の頭にすぐ浮ぶのは一休さん、仙崖さん、白隠さん、こういう人達はあなたと同様に職人的手段によらず、最短距離で画をかいています。あなたはそういう人にすぐ直結する画をかゝれていたのではないでしょうか。

画かきはいくらでも出るでしょう。

しかしこのジャンルは人を得なければ成り立たないものです。そしてそういう人は百年に一人出るか出ないかという人です。

武者さん
私はいちばん大切な時にあなたにお逢いした事を、第一の倖せに思っております。千人万人の中で一番逢いたい人に逢ったのです。

あなたはいつも私の前を歩いておられました。

それがほとんど私の一生涯つゞきました。

私の今の年齢の時、あなたは何をしていたでしょうか。こういう詩[*5]をかいておられます。

自分は人生といふ特急車にのってゐる
それは死に向って走ってゐる
私はそれを知ってゐるが落着いてゐる
悠々と自分のかいておきたい事をかき
美しさを讃美して画をかいてゆかう

今私は前を歩いていたあなたを見失い、あなたが対いあっていた虚空を、いきなり見ねばなりません。

あなたは此世を去られました。

しかし同時にあなたは残った我々の心の中に生きはじめる時です。

昭和五十一年四月二十四日

＊1　「お目出度き人」＝明治四十四年二月、洛陽堂刊。

＊2　千家元麿＝武者小路を通して「白樺」系の人々と交友を深めた詩人。詩集『自分は見た』の序文は武者小路が書いた。戦後の「馬鹿一」のモデルといわれる。

＊3　岸田劉生＝画家。「白樺」同人と親交深く、武者小路の肖像画、『友情』など武者小路の著書の装幀、関係雑誌の表紙を多く描いた。

＊4　大燈国師＝臨済宗大徳寺派の祖、妙超。

＊5　こういう詩＝昭和四十四年、皆美社刊『人生の特急車の上で一人の老人』の冒頭の表題作の一部。

昭和五十一年二月六日、武者小路実篤の妻安子が子宮癌で亡くなった。三年前に七十二歳の妻が最初に入院したときの別れの淋しさから、八十八歳の夫に、少し老化現象が現れた。老いても「パパ」「ママ」と呼び合う相愛の夫婦であった。三度目に入院した妻を見舞ったのは、この年一月二十五日だった。「黒ブドウをめし上がれ」と、夢うつつの安子が、微笑んで言う。どこにも葡萄はないが、夫は「うん、うん」とうなずき、妻の手を握りしめていた。次の夜、武者小路は急変した。激しい勢いで家中を歩き回った二日間、会話を失い、食事をとらなくなり、意識が混迷していった。看護を拒んだが、握手することと、娘や孫の頬を軽くたたく日もあったという。妻の死は知らされなかった。そして春四月、妻の後を追って、安らかに逝った。娘三人孫七人にとって「ふざけん坊」の、大切なおじいちゃんの幸せな死であった。

四月二十四日、青山斎場での無宗派の告別式。谷口吉郎の設計祭壇は花一輪の簡素清冽だった。葬儀委員長は梅原龍三郎、里見弴、中川一政の三氏連名、喪主も三人の令嬢の連名、司会は親戚にあたる志賀直哉の子息直吉があたった。「白樺」時代からのゆかり深い画家バーナード・リーチのロンドンからの弔電があった。

八王子市の中央霊園の墓誌には、中川一政の独特の字が見られる。「此人は小説を書いたが小説家といふ言葉では縛れない　画を描いたが画家といふ言葉でも縛れない　思想家哲学者と云っても何か残る　そんな言葉に縛られないところを此人は歩いた」。ここに中川の弔辞のポイントがありそうだ。中川の見た武者小路が凝縮されて、詩のような墓碑銘が書かれたのだ。

詩歌の文学少年だった中川は、武者小路の「お目出たき人」の文章に、ただびっくりするばかりだった。二十二歳のとき、「彼が三十の時」の武者小路と会い、頭の回転が早いせっかちな彼のうしろを、ノロノロとついていくことになった。弔辞の中でも「天狗様が宙をとんでゆくよう」な彼の早足を言っているが、子どもを連れていることを忘れて早く歩くので、小走りでついていった話が、三女武者小路辰子『ほくろの呼鈴父実篤回想』にある。若い時はよほどせっかちだったのだ。

「白樺」の同人はみな美術に関心があり、ゴッホやセザンヌを紹介した。ゴッホは武者小路がドイツの雑誌で発見して、はじめて紹介したのだが、美術学校を卒業し、洋行してパリを見てくることが画家の道だった当時、武者小路がゴッホを認めたことにより、素人でも絵が描けるのだと自覚させたことで、中川に彼への謝恩のこころが生れた。中川が絵筆をもったのは、二十一歳のとき。岸田劉生の推薦で「酒倉」が巽画会展に入選したのが、画家としてのスタートとなった。以後、武者、岸田、中川の縁は深くなっていく。

中川が手がけた武者小路の本の装幀、挿絵は、大正十五年の戯曲集『愛慾』、昭和十五年「婦人公論」に連載の「幸福な家族」、二十九年の『愛と人生』、四十四年の最後の詩集『人生の特急車の上で一人の老人』、四十六年の自伝小説『一人の男』、もっとあるかも知れないが。登場人物の服装や環境は、画家まかせ、舞台装置家まかせだから困る。しかし天衣無縫の文章、平明すぎるような文章に、中川の好んだ武者小路の人間味があったようだ。

弔辞の終りに読んだ詩は、武者小路の長い詩を中川流にアレンジしたらしい。原詩は、「時がたつのは実に早い／一週間はまたたく間にたつ／特急車にのっているようなものだ。／だが私はそれを知っているが／おちついている／おちつきはらって／生きている。……」で始まっている。

戦後、武者小路は新聞社から講演をたのまれると、中川と一緒なら行くと答えた。北海道各地へ同行し、九州の巡回講演にも連れだった。青函連絡船の入口で、進駐軍の検閲に並ばされ、和服の腹のなかまでDDTの白い粉を吹きこまれても、不愉快がらずにこにこしていた武者小路を中川が面白がっている。

昭和五十六年、「没後十年　志賀直哉展」のことで、私は真鶴の突端の中川アトリエを訪ねた。画家はテレビでプロレスを見ながら、志賀が描いた犬の絵を出してくれた。中川が真鶴町に画室をもったのが、昭和二十四年で、志賀の熱海市大洞台への移住がその前年だった。「おーい、志賀さん」。その頃ここから呼んでみたよと、画家は冗談話めいた口調で、海のほうを見て言われた。「龍となれ雲自づと来たる　実篤　一政兄」という扁額を見せてもらった。横長の紙に、大きな字で、二字ずつ改行されていた。

終生の親友志賀直哉が昭和四十六年、八十八歳で死んだとき、身体が不自由になっていた武者小路の欠席を予想して、弔辞は里見弴一人だけのすっきりした式次第の刷り物が配られていた。谷口吉郎設計の祭壇も、阿川弘之による式の進行も簡潔な青山斎場へ、武者小路は止むにやまれぬ気持から来場したようだ。飛び入りの弔辞であったが、原稿なしの、長い告別の辞を切々と語りつづける後ろ姿が印象的だった。

中村真一郎が綴る

中村真一郎　なかむら・しんいちろう　一九一八（大正七）年、日本橋区箱崎町に生まれ、幼少年期は静岡県森町と東京で過ごす。小説家、評論家、詩人。東大仏文科卒。在学中に同人雑誌「山の樹」に参加。堀辰雄を知り、「四季」に作品を発表。昭和十七年、加藤周一、福永武彦らと新しい文学グループ、マチネ・ポエティクを結成、戦後の『1946　文学的考察』につながる。『死の影の下に』により、戦後派作家として脚光を浴び、五部作となる。『四季』四部作の「夏」（谷崎潤一郎賞）、「冬」（日本文学大賞）、『頼山陽とその時代』（芸術選奨）、『蠣崎波響の生涯』（読売文学賞、歴程賞）、『空中庭園』、『雲のゆき来』、『眼の快楽』、『王朝物語』など。日本芸術院賞、芸術院会員。日本近代文学館の理事長に就任中の一九九七（平成九）年十二月二十五日、急性呼吸不全のため逝去、七十九歳。

芥川比呂志　あくたがわ・ひろし　一九二〇（大正九）年、芥川龍之介の長男として東京滝野川区田端町に生れる。俳優、演出家。慶大仏文科卒。学生時代から、詩誌「山の樹」に参加、中村真一郎らと詩作し、加藤道夫らと演劇活動にはいる。昭和十七年、麻布三連隊に入隊。戦後、麦の会、文学座を経て、現代演劇協会「雲」に所属する。著書『決められた以外のせりふ』（エッセイストクラブ賞）、『肩の凝らないせりふ』など。受賞作は、映画では「煙突の見える場所」、「にご

ハムレットを演じる芥川比呂志

中村真一郎（撮影：立花義臣）

りえ」など、舞台演技では「龍を撫でた男」、「なよたけ」、「棒になった男」など、演出では「榎本武揚」（芸術祭賞）、「海神別荘」（芸術選奨）など。昭和二十五年の胸部疾患以来、入退院を繰り返し、晩年の「夜叉ヶ池」演出前の三度の手術を経て、一九八一（昭和五十六）年十月二十八日、自宅で死去、六十一歳。

芥川比呂志への想い

一九八一（昭和五十六）年十一月十八日

弔詞――芥川比呂志の霊に

芥川比呂志君

戦争前の銀座通りの菊水の店のまえで、はじめて顔を合せた時、君はお椀帽を頭にのせた慶応ボーイで、あれからお互い、半世紀に近いつき合いだった。

同人雑誌を一緒に編集した時は、ぼくの下宿で徹夜で校正をやったり、ぼくが道ばたで君をかがませて、その背中のうえで詩を書いたと、いつか君は随筆で書いていたが、そんなことが本当にあったとしても、おかしくないつき合いだったね。

のべつ一緒に行ったり来たりし、軍隊に行っても筆まめに、文学や演劇のことを手紙に書いて、あの刻むような綺麗な字で、送って来たね。どうやって軍の検閲をのがれていたのだろう。昨日も殴られたなどと書いてあった。

戦後になって、ぼくの数少い戯曲の演出をやってくれ、ぼくの台本を見ちがえるように生彩あらせてくれたのも君だ。

ぼくの小説の最も綿密で鋭い読者だったのも君だ。

君がいるんで、ぼくはどれだけ思いがけないアイディアを恵まれたか知れない。

君がいるんで、またぼくの人生の仄暗い道に、どれほどの明るい光りがともされたか知れない。

ぼくが一生に飲むはずの酒の半分以上は、君と飲んでしまったねえ。ぼくが一生に喋るはずのお喋りの半分以上は、君と喋ってしまったねえ。

長いこと覚悟していたとはいえ、いよいよ君に死なれてみると、ぼくは全くふぬけのようなていたらくだよ。君が見ていたら、得意の毒舌のひとつもお見舞いしたくなるところだろう。

まあ、われら全ての、いずれは辿る道を、今、君も加藤道夫や原田義人[*1]の後を追って行くことになっただけの話だとしてもね。

そうだ、道夫の新しい全集[*2]の監修者のところには、君の名は消さないでおくよ。

では、さらば！

一九八一年晩秋

＊1　原田義人＝独文学者、東大教授。府立五中で同期の加藤道夫と新演劇研究会を結成。
＊2　道夫の新しい全集＝一九八三年、青土社刊『加藤道夫全集』二巻本。監修・中村、芥川、編集・浅利慶太、諏訪正。なお旧版（新潮社）は監修・岸田国士、久保田万太郎、岩田豊雄、編集・原田、中村、芥川だった。

古い友人のひとりとして　中村真一郎

この弔辞でも言っているが、東大生の中村が、銀座の路上ではじめて会った芥川は、鉄ぶち眼鏡に三田の制服で、あまり風采があがらないので、これが龍之介の御曹司かと意外だった。が、たちまち意気投合した。本郷の下宿と田端の芥川家を毎日のように往来していた。ときには下宿の万年床に足の先をつっこんで朝まで校正をする「山の樹」の編集当番の二人、ときには散歩中に作詩の衝動にかられた中村が、芥川を道端にかがませて、彼の背中に拡げた紙に詩を書くような青春の光景もあった。

繊細な彫琢の詩人芥川比呂志は、やがて神田錦町河

龍之介の姉の娘、つまり従姉の瑠璃子と結婚、長女も生れていた比呂志は、慶応義塾予科の、まだ十八歳だった。この夫妻は幼い頃からの遊び仲間で、比呂志が年上の瑠璃子や弟たちに命令しては劇ごっこや、リレー式に詩や物語を書かせて本作りに夢中になった。

昭和十四年、芥川は学部に進学して、加藤道夫らと「新演劇研究会」を結成し、詩誌「山の樹」に参加して、中村真一郎、福永武彦、加藤周一らを知った。この年の春、詩誌「午前」を計画したままで立原道造が夭折したので、幻の雑誌の同人中村真一郎は「山の樹」に引きとられた。

岸の文学座のけいこ場を借りた新演劇研究会に、情熱を燃やしていった。滝浪治子（東宝女優御舟京子。二十一年加藤道夫と結婚して加藤治子となる）も加わった。応援団として出入りした中村も、文学座の女優新田瑛子と最初の結婚をした。十七年、モリエール「亭主学校」の演出、出演、装置をやった芥川に、学徒出陣がまっていた。送別会のあと、上野の森の美術館の石段で、シェークスピアのシーザー暗殺の場を、朗々と演じる演劇青年たちだった。

芥川は復員後はひたすら演劇活動に没入していった。つぎつぎに彼の演出、出演の舞台が開幕し、二十六年、「ワーニャ伯父さん」の演技が、とくに脚光を浴びたあと、「武蔵野夫人」に出演中に二度目の発病、その後も活動は止むことなく、呼吸困難症状のまま入院先から稽古に通ったり、三度の大手術のあとも、泉鏡花「夜叉ヶ池」、三島由紀夫「道城寺」の演出をした。私が「夜叉ヶ池」を観せてもらった日、車椅子の演出家の風貌は、地獄の苦痛は隠されて、おだやかに見えたが。

入院見舞いと龍之介資料の打ち合わせを小田切理事長に命じられて、私は高円寺の清川病院へ行ったことがある。ベッドに臥して生死をさまよう人は、私が学生時代に心震わせた「どん底」のサーチン、「ハムレット」のハムレットその人ではないか。映画「雁」や「熱愛者」も目に浮かんだ。あがってしまって、何を話したかも定かでない。「熱愛者」は中村真一郎の小説だった。狂おしいラブシーンを私は今も忘れないが、原作と映画とはかなり隔たりがあったようだ。

弔辞にある酒とお喋りについて、芥川の逸話は満載である。酔うと人が変る、からみ酒だったらしい。しかし、「なぐりっこ」の喧嘩をしたという近所に住む俳優宇野重吉には、「芥川飲み助」という好意あふれるエッセイがある。また、遠藤周作の家に泊って飲んでいるのに、「お前なんか、とっとと帰れ」と言われて遠藤が吃驚する一幕もあった。が、同じ慶応病院で肺の手術を三回やった縁で、遠藤に劇作をすすめ、手取り足とり書き直しのうえ、芥川演出の三本の舞台が実現している。しらふの芥川は、酒席とはうらはらに、人に心遣いをする、サービス精神にみちていたのだ。

中村真一郎も興が乗るとかなりお喋りだったように思う。芥川はもっと喋りたがりだったのか、夫人に

「話欲」という言葉を使っていた。芥川の深夜の猛烈な電話魔ぶりを中村が語っている。延々一時間つづき、連載小説のように十日間にわたる。中村が音をあげると、別の友だちが襲撃されたという。

芥川は死の直前まで「生きる」エネルギーをもって、家族に抱えられて静かに逝った。

中村真一郎は死を予感しながらも、その日も熱海のマンションで「老木に花の」の原稿を書き、地下の温泉風呂へ行き、それはいつもの日と変らない。そして、妻佐岐えりぬ（詩人）と友人加藤周一夫妻とともに、会食談笑のあとに急逝した。近代文学館の理事と職員の忘年懇親会で、ワインの乾杯をした数日後のことだった。

唐十郎が綴る

唐十郎　から・じゅうろう　一九四〇（昭和十五）年、東京市下谷万年町に生れる。劇作家、演出家、俳優、小説家。本名は大靏《おおつる》義英。明大文学部演劇学科卒。昭和三十七年、反新劇・小劇場運動の「状況劇場」を結成、四十二年より新宿・花園神社での紅テントで「ジョン・シルバー」、「腰巻お仙」、「ジャガーの眼」、「ねじの回転」などを公演する。六十三年、「唐座」を結成、浅草の巨大テント「下町唐座」で「さすらいのジェニー」などを上演。現在、唐組主宰、横浜国大教育人間科学部教授。「少女仮面」（岸田国士戯曲賞）、「海星・河童」（泉鏡花文学賞）、「佐川君からの手紙」（芥川賞）など。

寺山修司　てらやま・しゅうじ　一九三五（昭和十）年、弘前市紺屋町に生れる。歌人、詩人、劇作家、演出家。早大国語国文科を中退。在学中に「チェホフ祭」が短歌研究新人賞。ネフローゼの重患ののち、放送詩劇「山姥」（イタリア賞グランプリ）、放送叙事詩「犬神の女」（久保田万太郎賞）など。四十二年、「演劇実験室・天井桟敷」を設立。渋谷に劇場が落成した四十四年からの海外公演、上映で、多くの賞を得た。歌集『空には本』、『田園に死す』、小説『あゝ、荒野』、『寺山修司の戯曲』全九巻など。死の前年、映画「さらば箱舟」の沖縄ロケ、「奴婢訓」パリ公演、「レミング　壁抜け男」の演出、谷川俊太郎とのビデオレター

唐十郎（撮影：立花義臣）

寺山修司

交換などをおこない、一九八三（昭和五十八）年五月四日、肝硬変と腹膜炎に敗血症を併発、杉並の河北総合病院で死去、四十七歳。

寺山修司への想い

一九八三（昭和五十八）年五月九日

寺山さん。

入院中の貴方は、四百十号室のベッドで体をひねって右へ起き上がろうとしました。既に意識もなく瞼はふさがっていましたが、点滴が行われている右腕の方に向かって、肘をつきながら、何度も上体を浮かしました。右腕の静脈に刺さった針から逃れるならば左へ体を回せばいいのに、針に向かって体を起こす貴方は、のしかかろうとするものに歯向かうかと見たのは僕だけではないでしょう。

おぼえていますか。二十代で、あなたが住んでいた高圧線の真下の家を。

そこにおじゃました時、あなたは、一冊の本を、後ろの頁から読む男の話をしましたね。

二十歳になる前に、既に厄介な病気*を背負った貴方も、もしかしたらば、人生を終りの方から生きようと決意した詩人だったかもしれないと此の頃、僕は思っています。ねじふせることの出来ない体をいつも尻目に見つめながらあなたが穿いた靴は、少年の靴でした。しかし、少年の靴を穿いた貴方は、青春のスタートラインに立って読者に、生きることの軽さを説いたのではありません。貴方が背負った病んだ体と、同質の瓦礫が転がる地平線の方から、逆に歩いて見ようとしたのです。そうすると、「死者の書」「棺桶島を記述する試み」「臓器交換序説」などは、こちらに向かって歩いてくるあなたの手土産だったようにも思えるのです。とは言いながらも、一瞬にして燃えつきてしまうようなボクサーと、明日は、屠殺場に送り込まれることを知りながら走る老馬を貴方は人一倍好きだった。それは、寺山修司の体から勝手に歩いてゆく靴の、少年ぽい夢なのでしょうか。寝ながら劇団員に演出をする貴方は時折、穿いていた靴が、一人でに脱げて、少年ぽいまどろみに踊っているのにびっくりしたに違いありません。一体、人生の終りから歩き始めると、いつ、並の者の青春に近づくのか僕は知らないけれども、初めて死を宣告された二十歳の頃から既に二十何年も経ち、そこらの若者が生きるの死ぬのと騒いでる季節にそろそろ近づきつつあった筈です。今年の二月、TV局のスタジオで会った貴方は、今迄話さなかったおばあさんのことを話したし、競馬場を嫌いな私を強引にそこへ連れて行こうともしました。その時、貴方の穿いていた靴が急に幼く見え、悪戯を仕掛けてくるようにも見えもしました。

寺山さんそれからまだ二ヶ月しか経っていないんです。

そして四月二三日、河北病院四百十号室のドアを開けた時、不思議なことにベッドの下に貴方のサンダルは見当りませんでした。

それ故に、そのことが気がかりで、寺山修司は、まだどこかで、あの靴を穿いて青森弁をまくしたてているような気がします。

寺山修司がもし死んだらばと、なるべく考えないようにしました。

それが、心安らかにと述べずに、このようなアイサツになってしまいましたが、どこかで、やはり、貴方の声が聞こえるように思えます。

寺山の思ったことと、寺山節よ永遠に。

唐十郎

＊　厄介な病気＝大学一年のときは混合性腎臓炎で、翌年からはネフローゼで入院、危篤状態になった。

死の前年の秋、パリでの「奴婢訓」の公演は好評だった。寺山修司は上機嫌で本屋に行っては両手いっぱいの本を抱えてホテルに帰ってきた。病気も小康を得たような、珍しく九條映子と二人だけの時間をもった一ヶ月のパリだった。映子は寺山と離婚していたが、制作者、プロデューサーとして、ときには病気の監視役として、彼の海外公演、三百ステージを協力していた。

寺山と谷川俊太郎が始めた「ビデオレター」という映像作品の交換は、翌年の五月、谷川の返事のかたちで終った。それは寺山の死亡の瞬間を記録した心電図が一本の直線になった記録紙であった。四月二十二日に倒れ、阿佐ヶ谷の河北総合病院に入院、意識のもどらぬまま、五月四日の死であった。テレビの中継車が病院のまわりを取り囲む。カメラマンが追いかける寺山の母を、映子はナース・ステーションの奥に隠さねばならなかった。

仮通夜、本通夜を経て、七日、五反田の桐ヶ谷火葬場で荼毘にふされた。九日、青山斎場での葬儀。映子の希望で祭壇のデザインは天井桟敷のポスターをモノクロにコピーして作られ、遺影のバックには「レミング」のカモメが群れ飛ぶ書き割り。中井秀夫、山田太一、唐十郎、鈴木忠志、山口昌男が弔辞、寺山の第一作品集『われに五月を』を引いた詩「五月に」を朗読した谷川俊太郎が葬儀委員長、副委員長は三浦雅士、篠田正浩が海外からの弔電を読み上げた。司会は萩原朔美。二千人を超す人々の列がつづいた。「修ちゃんは死んでなんかいない」と言って、喪主である母は出席しなかった。天井桟敷のメンバーが最後の公演「レミング」のなかの歌「みんなが行ってしまったら この世で最後の煙草を吸おう」を合唱しながら、みんな泣いた。

唐十郎の処女戯曲を最初に寺山が評価して以来、寺山と唐は兄貴と弟分だった。唐が結成した状況劇場は、寺山の発想でテント劇場を出現させた。天井桟敷と状況劇場は二大アングラ劇団としてライバル視されていた。昭和四十四年、全共闘運動の風が吹きすさぶ季節、渋谷に天井桟敷館がオープンした。こけら落としの演し物は「時代はサーカスの象にのって」(寺山作、演出・萩原朔美)。年末、近くの金王八幡宮境内で「少女都市」を公演中の状況劇場に、天井桟敷が葬式用の黒い花輪を贈ったことから、殴りこみ乱闘となり、劇団員とともに寺山、唐も逮捕される事件があった。けれども当然ふたりは和解した。

最後の入院の一週間前のこと、大島渚がキャスターのテレビ朝日「こんにちは2時」の本番一分前、大島はゲストの寺山に、唐十郎の芥川賞の小説「佐川君からの手紙」の映画シナリオを書いてほしいとたのんだ。大島の追悼文「最期の日々」の、その時の会話、「唐がイヤがるんじゃないか」「とんでもない。大喜びだった」「そうか。じゃ、喜んで」。つぎに大島が見たものは、テレビにうつる棺をかつぐ篠田正浩や唐十郎らの顔、自分自身の泣き顔だったという。

八王子の新高尾霊園に墓が作られた。アングラ・シアターのメッカ「天井桟敷館」のキラキラした奇抜な全館デザインをした粟津潔、その人が設計したシンプルな墓である。寺山の身長と同じ高さの墓碑の上に、開いた本がのっている形。死の直後の「週刊読売」に掲載された寺山のエッセイ「墓場まで何マイル?」を読んで、これは彼の遺書だと映子が感じ、誰もがそう思った。「私は肝硬変で死ぬだろう。……墓は建てて欲しくない。私の墓は、私のことばであれば、充分」と書いていた。だから墓は、遺書のこころが酌まれた形になったのだろう。

その後映子は九條今日子と名乗った。亡き息子の作品を守ることに全エネルギーをかけていた母が、八年ののちに死去した。その数ヶ月前、あれほど結婚に反対した母が、むりやり九條を養女にしたので、彼女は再び寺山姓となり、死んだ寺山と兄妹の間柄になったとは、摩訶不思議ではないか。

萩原葉子が綴る

萩原葉子　はぎわら・ようこ　一九二〇（大正九）年、萩原朔太郎の長女として東京に生れる。小説家、随筆家。精華高女を経て国学院大学で学ぶ。昭和三十二年から「青い花」に連載した「父・朔太郎の思い出」を、三十四年『父・萩原朔太郎』として出版（エッセイストクラブ賞）、執筆生活にはいる。『木馬館』（円卓賞）、『天上の花　三好達治抄』（新潮社文学賞、田村俊子賞）、『蕁麻の家』（女流文学賞）、『蕁麻の家・三部作』（毎日芸術賞、高橋元吉文化賞）、『望遠鏡』、『燃えるアダジオ』、『置き去りにされたマリア』、『美少年虫』、『スネーク』など。「書いて、創って、踊る作家」として、ダンスのリサイタルや造型の個展でも活躍中。

森茉莉　もり・まり　一九〇三（明治三十六）年、森鷗外の長女として東京千駄木に生れる。小説家、随筆家。仏英和女学校卒。仏文学者山田珠樹と結婚、大正十一年、夫とともに渡欧。二子を生んだが、昭和二年離婚。のち、東北大教授佐藤彰と再婚、やがて離婚。室生犀星に師事。三十二年、エッセイストクラブ賞の『父の帽子』で認められた。『恋人たちの森』（田村俊子賞）、『甘い蜜の部屋』（泉鏡花文学賞）、『贅沢貧乏』、『枯葉の寝床』、『マリアの気紛れ書き』、『ぼやきと怒りのマリア』など。一九八七（昭和六十二）年六月八日、世田谷区経堂のアパート自室で、その死が発見された、八十四歳。

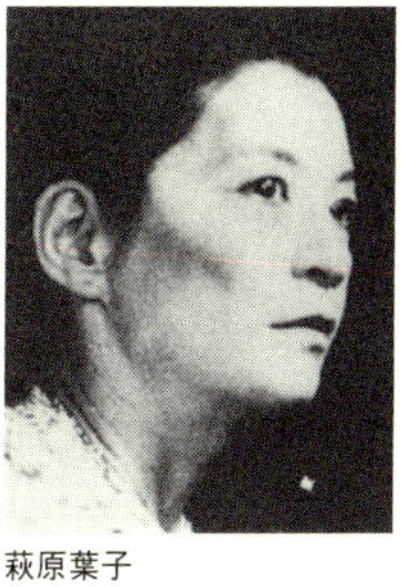

萩原葉子

森茉莉

森茉莉への想い

一九八七（昭和六十二）年六月二十日

（前略）少女のまま大人になった茉莉さん。（中略）初めて二人が出合った時、あまり夢中で喋り、気がつくと会場には誰一人いませんでした。あの時、「父の帽子」を出版して三年目で、私は「父、朔太郎」を出したばかりでした。茉莉さんは、室生犀星先生を尊敬し、始めから終りまで先生の話でした。二人で室生家へ行く時、チリオンチ同士は、同じところをぐるぐる廻り、なかなか着かない弥次喜多でした（後略）

昭和六十二年六月二十日、大雨が降った日、東京信濃町の千日谷会堂で、森茉莉の無宗教の葬儀があった。六月八日、世田谷の六畳一間のアパートで、森茉莉がひっそり死んでいるのが見つかった。死後二日経過していたという死亡記事であった。

弔辞は筑摩書房の元社長竹之内静雄、萩原葉子、吉行淳之介、宮城まり子だった。竹之内は森茉莉の処女出版『父の帽子』の生みの親であり、吉行の弔辞も書評を書いたことのある『父の帽子』にふれたものになった。室生犀星の仲立ちでまり子と友だちになっていた森茉莉が、昭和三十七、八年ころ吉行家を訪問。まり子の同居人吉行にとって、その時が初対面だった。

白い菊の飾られた祭壇、茶色の熊の縫いぐるみが横に置かれた遺影に向かって、宮城まり子が語りかけると、神妙な弔問者も笑ってしまうような、内容も口調も傑作の弔辞だった。茉莉とまり子は、突飛な発想をするところが似ているようだ。三時間の電話の長話もあったらしい。

　吉行はエッセイ「森茉莉さんの葬儀」の中で、萩原葉子の弔辞を引用しているが、何から引いたのかは謎のままだ。葬儀の司会をした「新潮45」編集長亀井龍雄氏から原稿をたのまれたとき、吉行が弔辞のテープを借りて、一部再現したのかもしれない。こういう本文の異例を、おことわりしておきたい。

　最初の「少女のまま大人になった茉莉さん」は、誰にも異存のない森茉莉像だ。茉莉のためにドイツから取り寄せたカタログを見ては、洋服や帽子を誂え、着荷の箱をあけるときも、顔中に微笑をたたえた森鷗外。「よしよし、おまりは上等よ」と、茉莉を溺愛した「パッパ」鷗外。幼い茉莉は父の蜜をたっぷり吸って育った。この父子の間にただよったヨーロッパの香りは、彼女の晩年まで身についていて、人とその作品に精神の貴族が花開いたもようだ。机も冷蔵庫も何も置かない、ベッドだけの部屋（辛口批評「どっきりチャンネル」連載のころは、つけっ放しのテレビはあったようだが）、そのカーテンを閉めきった部屋が、絢爛な作品を生み出す森茉莉の豊饒の世界だった。

　萩原葉子がデビュー作「父・萩原朔太郎」を書くきっかけとなったのは、たまたま目にした「週刊朝日」で、それは五十五歳という母親に近い年齢の森茉莉が、『父の帽子』という初めての本を出し、賞をもらったという記事だった。その時、葉子の心の中に光がさした。彼女はもう遅いと思っていたが、茉莉の存在を知って、自分も書いてみようかと、密かに思えた。離婚した葉子は、小学生の長男朔美と病身の妹をかかえて、ミシンの内職をしながら、教職課程をとるために、遅い大学生になってはいたが、途方にくれる日々での、森茉莉効果だったのだ。

　折りよく山岸外史から、父の思い出を書くように勧められて、同人雑誌「青い花」の創刊号に、第一回の原稿が掲載された。父の親友室生犀星が読んで、「千枚も書きなさい、なかなかに書けている。一度遊びにいらっしゃい」という激励のハガキをもらい、勇気を出して訪問することもできた。

茉莉と葉子の出会いは、犀星の長女室生朝子の『あやめ随筆』の出版記念会のときだった。茉莉が葉子の希望の星となった三年後である。紫色の和服の、ひっつめの髷に結った若々しい茉莉を紹介されて、二人は百年の旧知と邂逅したかのように、話がはずんだ。誰一人いなくなった会場から、下北沢の風月堂へと話はつづいた。

室生犀星という共通項はあるが、年齢も性格も作風もちがう茉莉と葉子は、気の合う友だちになった。「私は暗い部屋で明るい小説を書き、葉子は明るい部屋で暗い小説を書く」と、茉莉は言った。道に迷いながら二人で大森の室生家へ行くときも話し、また黒猫ジュリエットのいる茉莉の部屋のダブルベッドに腰かけて話し合った。茉莉がアパートの部屋へ入ることを許可したのは、特別に信頼する二、三人のようだった。当然私は入れてもらえなかった。

森鷗外宛書簡集を近代文学館で刊行するとき、森茉莉さんに面会を申し出ると、近くの喫茶店を指定された。用談なかばに、「コオラの空きビンが好き」ということばが突然出てきた。それはペナン付近の海の色、ボッティチェリの「ヴィーナスの誕生」の海の色。アパートの窓際に置いたコカコーラのビンの魔に陶酔していることを、彼女は夢幻的に語った。私の記憶はそれだけだ。

訃報を聞いたとき、薔薇の花びらが、いっぱい降りそそがれた、夢見る少女の死に顔を想った。

水上勉が綴る

水上勉　みずかみ・つとむ　一九一九（大正八）年、福井県本郷村岡田の生れ。小説家。立命館大学国文科中退。九歳で京都で仏門に入るが二寺を脱走し、昭和十五年上京の前も後も転職を重ねた。戦後、虹書房をおこし、二十三年、私小説『フライパンの歌』がベストセラーになったが、以後十年、文学的ブランク。洋服の行商人ののち『霧と影』で復活する。『海の牙』（探偵作家クラブ賞）、『雁の寺』（直木賞）、『飢餓海峡』、『五番町夕霧楼』、『越前竹人形』、『宇野浩二伝』（菊池寛賞）、『北国の女の物語』、『兵卒の鬃《たてがみ》』（吉川英治文学賞）、『一休』（谷崎潤一郎賞）、「寺泊」（川端康成文学賞）、『良寛』（毎日芸術賞）など。芸術院恩賜賞、芸術院会員、東京都文化賞、文化功労者。

中上健次　なかがみ・けんじ　一九四六（昭和二十一）年、和歌山県新宮市の生れ。木下姓から母の婚姻により中学時代に中上《なかうえ》姓となる。小説家。県立新宮高校卒。昭和四十年、「文芸首都」に加わる。四十五年、山口かすみ（作家・紀和鏡）と結婚し、羽田国際空港で働く。「十九歳の地図」など三回の候補ののち、『岬』で芥川賞受賞。『枯木灘』（毎日出版文化賞、芸術選奨新人賞）、『鳳仙花』、『千年の愉楽』、『日輪の翼』、『熊野集』、『讃歌』、『軽蔑』、『紀州　木の国・根の国物語』など。和歌山県文化表彰。市民講座・熊野大学を主宰。一九九二（平成四）年八月十二日、腎臓癌のため郷里で死去、四十六歳。

水上勉

中上健次

中上健次への想い

一九九二（平成四）年八月十二日

悼辞

中上さん。こんなに早く、あんたに逝かれて、いくら何でも早すぎます。あべこべですよ。あんたが死んだなんて、いま、まったく信じられない。

入院されたときいて、むろん心配はしていたけど、まさか、こんなことになろうとは、考えてもいなかった。あなたの若い大きな軀にくらいついていたガンの細胞をぼくはにくみます。さぞかし毎日痛かったでしょう。病院で、ガンと闘っていたあんたの毎日を思うといたたまれない気持です。とても、悲しいです。いま、運命が。

中上さん。あんたは、糸のように細まる眼でぼくをみつめて、ぼくのくにのことを新宮と同経度の位置にあるといってたね。北と南のはじにあってともに海辺。京都からは等距離のへだたり。地図に三角定規をおいてみると、若狭本郷と新宮はぴたり同一線上にある、と。

明治の末期、東京で起きた大逆事件の連座者に、なぜか若狭人と紀州人が申しあわせたようにいました。日本じゅうにくにがもっとあるというのに……。そんなことも、あんたの考えの中にあったかもしれないが、あんたはそんなことは何もいわないで、西からはだしで東京へきた仲間だ。しかも、大学なんぞへゆけなんだ仲間だ、といいたそうな眼で、じっとぼくをみることがあった。

湯河原で最初あった日、あんたはぼくの部屋に入ってくるなり、机をへだててしきりに書いてきた小説のこと、これから書かねばならない小説の話をしたね。落合橋へ出て呑みあるいた夜ふけ。あの夜を思いだしても、とても、あんたが二十八歳だったなんて。六尺近い巨体。大きな顔。ふくらんだ耳たぶ。

「羽田空港近くの喫茶店で小説をかいてきた。荷役夫をしてたが、もうやめた」浅黒い肌といい、頑丈な骨格といい三十歳以上にはみえましたよ。なんか、とても安心な気がして、初対面なのに何もかも信頼してしまったことをおぼえています。二十八歳の人気作家にカンヅメ部屋を急襲されたのも、はじめてでしたが、いまから思うと、光栄でした。大事な思い出になりました。

あの時、あなたが書き終えていた「岬」が好評で、芥川賞になり、あなたはその冬、「雪がみたくなった」といって、筑摩書房の辰巳さんと一しょに、軽井沢で冬越ししていたぼくの家へまた来ましたね。

ぼくは吹雪の中を友人の車へあなたたちをのせて菅平へ行った。ホテルのバアでオールドを一本あけた時、まだ夕刻にならぬ天に陽がのこっていて、綿につつまれたみたいに光線を失っていたのを見たあんたは、とつぜん、「ああ陽が泣いとる、早く帰りたい」「小説が書きたくなった」。急いで、最終にまにあうようタクシーをとばして、駅にかけつけた。その時の作品がたぶん「鳳仙花」でした。なぜか、あなたの秀作、傑作の誕生する直前に、あなたはぼくの部屋にいることが多かった。

そういえば、アメリカに行ったきり、帰ってきそうもなかったあなたに手紙を書いて、伊勢長島に起きた猟銃での一家惨殺事件のことを報らせ、「あんた早く帰ってくれ」と書いたのをおぼえています。まもなく、あんたは帰ってきて「火まつり」を書いた。

あんたは小説を書くことが好きだった。苦しみながら書くことが好きだった。いつも昨日までの自分に「謀反」する、そんな小説を企んでいた。生れた土地が同経度云々などかかわりはなくて、同根の人がいると、ぼくは、勝手にあなたを見ていたのです。

中上さん。ぼくはあなたより、ひと足さきに東京へきていました。あなた流にいえば、はだしで。それが縁となり、二十八歳から四十六歳の終焉までの、あなたの文学への態度を、遠近望していますと、あなたには、つよく、ひと筋通ったものが顕著にあったことに気づきました。ひとすじにつながらせるべく苦しんでいる人だと。

中上さん。文学上の苦しみに加え、あなたには、ガンとの闘いが新しく加わっていた。とりわけて、末期にいたっては、つらかったことでしょう。あなたの胸中を思うと、悲しくて、たまりません。

中上さん。もう痛いところはなくなったでしょう。ながいながい格闘で、つらかったでしょう。どうか、やすらかに、ゆっくりお休み下さい。東京の病院から、新宮へ帰ってしずかに眠られたあなたにほんの少し、いま安堵をおぼえています。枯木灘の波音をききながら、安らかに眠られたあなたが想像できるのです。中上さん。さようなら。

一九九二年八月十二日

水上勉と中上健次は親子ほどの年齢差があったが、なにか同根の意識をもって連携していた。懐《なつ》き、懐かれる共通点があったのかもしれない。それが闘病した中上への温かい労わりと、人生半ばの死の無念をにじませた水上の弔辞となった。冒頭の「あべこべですよ」が悲痛にひびく。精神も身体も頑強そうで、世界を駆けめぐり、作品の執筆も見事に果たしていた中上が早世し、病気の水上が生きている運命、嘆き節にもなろうか。

水上勉の中国訪問は二十回を超えるが、訪中作家団の団長として行った一九八九年六月、ちょうど天安門事件に遭遇した。ハンストの学生を見舞った夜、中国側の招待の茶館のあと、軍隊も出動しているので、故宮、王府井《ワンフーチン》へと回り道してホテルへ帰った。夜明けまでつづく戦車の轟音、銃撃の音、三日間のストレスが体の調子を狂わせたか、心筋梗塞で羽田から救急車での帰国第一歩だった。心臓の三分の二が壊死、集中治療室の三十九日間となった。

水上勉が若狭の図書館運動をしている時、「同じ経度の南北で、何かやろう。あんたは牟婁《むろ》叢書、わたしは一滴文庫」と中上に言った。明治時代、荒畑寒村、管野スガがいた紀州の「牟婁新報」をもじって言った叢書だった。一九八五年、水上の郷里に「若州一滴文庫」オープンのとき、中上と都はるみ夫妻が駆けつけている。

牟婁叢書の提案は発展して、一九八七年、中上は新宮高校の同窓生と「隈《くま》の会」を結成、それが母体となって、「世界一どえらいこと」と彼のいう熊野大学構想へとつきすすんだ。「建物もなく、入学試験もなく、卒業は死ぬ時」が合言葉で、一九九〇年発足、中上は山本健吉の『いのちとかたち』をテキストにして連続講読するために、憑かれたように、律儀に毎月帰省した。同時に、吉本隆明らとの「20時間完全討論」や湾岸戦争および今後一切の戦争に加担することに反対し、柄谷行人、津島佑子、田中康夫、島田雅彦らと声明を出していた。

一九九二年一月、中上はハワイの仕事場で血尿があって、帰国。高校同級生が営む那智勝浦の日比記念病院で、腎臓癌の肺への転移がわかり、告知された。二月初めから六月まで、慶応病院で手術、抗癌治療に耐えたが、七月、新宮の実家に帰った。腐身の姿で病本復のため相模から熊野をめざしてゆく説教節の「小栗」ではないが、中上の念頭には「治癒と再生の熊野」が去来したはずだ。家には病み細った息子の、枯木になったような巨体を、さすりつづける老母もいた。母には甘えることができたのだろう。しかし、那智勝浦の病院に入り、四十六歳の誕生祝いをした十日後に、中上健次は永眠した。八月十七日、新宮での告別式、二十二日、千日谷会堂で東京葬。葬儀委員長は中上の結婚の媒酌もした柄谷行人。水上勉、安岡章太郎、大江健三郎、中上に励まされて歌手復帰した都はるみが弔辞を捧げた。

湯河原の宿でカンヅメ中の水上を訪ねていった初対面の中上のこと（このとき新宿のバア茉莉花《まつりか》のママが同行したらしい）、軽井沢の水上山荘へ雪を見にきて、菅平へ行ったこと（このとき村上龍が一緒だったようだ）など、二人のつきあいかたがこの弔辞でよくわかる。後日、水上は追悼文で弔辞を補正した。菅平で

「早く帰りたいッ」と言い出した中上の帰宅後すぐの作品は「枯木灘」で、三年後の「鳳仙花」の中に描いた新宮の冬空の太陽光線のシーンは、彼が菅平で見た光景だったのだ。別の追悼文のなかでは、「岬」も「枯木灘」も、「鳳仙花」も中上健次の遺書だったという水上の想いが、いま思い出される。

そして、「大逆事件の連座者に、なぜか若狭人と紀州人が」いたというのは、若狭から神戸の植物園に奉公に出て、西洋草花店にいた小さな体の古河少年と、新宮のドクトル大石誠之助と浄泉寺の高木顕明のことであり、水上が『古河力作の生涯』を書くために、新宮へも調べに行くたびに、中上がお膳立てをし、案内をしたらしい。

一九九七年八月、私は佐藤春夫記念館のことを書くために新宮へ行った。文京区関口の佐藤邸が移築された記念館なので、移植されたはずの凌霄花《のうぜんかずら》に、もう一度逢いたくて、八月を選んだ。佐藤春夫の戒名にも「凌霄院殿……」とつけられている橙赤色の花と再会した。春夫記念館にも中上の熊野大学にも関わりの大きい新宮高校の先生辻村雄一氏に車を運転してもらった。紀の国の炎天下、脳みそが煮えるような、クラクラした感じになり、中上が母を描いた「鳳仙花」に、たしか「棕櫚の木も、濃い日を浴びている」と書いていたようだと思いながら、暑さに潰った。

目的の佐藤春夫はそっちのけで、新宮での私は中上健次と大石誠之助のことばかり考えていた。幸徳秋水が立ち寄った宴会場や中上の「路地」を教えられ、墓地へとむかった。大石の墓は地味だが、中上のは生前自らデザインしていたらしく盛りだくさんな文学碑的な墓だった。

瀬戸内寂聴が綴る

瀬戸内寂聴　せとうち・じゃくちょう　一九二二（大正十一）年、徳島市生れ。小説家、寂庵庵主、天台寺住職、天台宗権大僧都。得度前の本名は瀬戸内晴美。東京女子大国語専攻部卒。昭和十八年、結婚して北京に渡る。翌年長女誕生。「文学者」、「Z」に参加。「女子大生・曲愛玲」で新潮同人雑誌賞。失意の年月を経て、『田村俊子』（田村俊子賞）により再起した。『夏の終り』（女流文学賞）、『かの子撩乱』、『美は乱調にあり』、『蘭を焼く』など。四十八年、出家得度した。『花に問え』（谷崎潤一郎賞）、『白道』（芸術選奨）、『手毬』、『場所』（野間文芸賞）、『釈迦』など。「瀬戸内寂聴現代語訳　源氏物語」を完成、日本文芸大賞、大谷竹次郎賞を受賞。京都府文化賞、徳島県文化賞、文化功労者。

宇野千代　うの・ちよ　一八九七（明治三十）年、山口県玖珂郡（岩国市）の生れ。小説家。岩国高女卒。大正八年、従兄の藤村忠と結婚し札幌に住むが、翌年、「脂粉の顔」が「時事新報」の懸賞で一等になり、離婚して作家生活にはいり、二等の尾崎士郎と同棲。昭和四年、尾崎と別れ、画家東郷青児と同棲、「色ざんげ」、「別れも愉し」を発表し、十年、別離。十四年、新進作家北原武夫と結婚、雑誌「スタイル」、「文体」を発刊。三十九年、北原と離婚。『人形師天狗屋久吉』、『おはん』（女流文学者賞、野間文芸賞）、『刺す』、『幸福』（女流文学賞）、『雨の音』、『薄墨の桜』、『ママの話』など。菊池寛賞、

宇野千代

瀬戸内寂聴

芸術院会員、文化功労者。一九九六（平成八）年六月十日、九十八歳で没するまで現役作家をまっとうした。

宇野千代への想い

一九九六（平成八）年六月二十九日

弔辞

宇野千代先生

お通夜に拝んだお顔はまるで観音様のように美しく崇高で、しかもこよなくはなやかでいらっしゃいました。望ましい死顔で死にたいとおっしゃっていられたように、最后の最後まで、先生は御自分の願のすべてを果されて逝かれました。

あの日からもう二十日もたつというのに、私には先生の御霊の気配が濃く身ほとりに感じつゞけられています。

「宇野千代は小説家ですよ。ほかの何者でもないのよ」

あのちょっと高いはりのあるはなやいだお声が聞えつづけます。

本当に宇野千代先生は骨の髄まで小説家でした。

「わたしあなたと文学の話がしたいのよ」

身を乗り出すようになさる時は真剣な誠実さにあふれた美しい表情になられました。

アランの
「世にも幸福な人間とはやりかけた仕事に基づいてのみ考えを進めて行く人のことであろう」

ということばがお好きでした。

「マードックを読みましたか、ボーエンもいいですね。彼女たちの作品は知的あこがれを与えてくれますよ」

そんな時は永遠の文学少女のような純真なお顔でした。

「真似は恥しくありません。すべての芸術は真似から始まります。私今ある人の真似を始めたんだけど難しいねえ」

「誰のですか」

「ドストエフスキーです、『カラマーゾフの兄弟』」

笑い出せない生真面目な表情でした。

「私の書くものが金をとるのに適しないから、金は別のことで取るんです」

と晴れやかな笑顔でおっしゃいました。けれども「おはん[*1]」や「雨の音[*2]」をはじめ

「生きて行く私」[*3]など大ベストセラーも出されています。

「『アドルフ』と『クレーヴの奥方』は百遍読んでもおもしろい」

「書くということは面白がらせることではない。読者にサービスしたものはどんなに売れても一級じゃない」

「『人形師天狗屋久吉』[*4]は、エッケルマンとゲーテとの対話のようなものを小説で書きたかった」

またある時、

「小説とはね、結局行きつく果はモラルと、そして宗教ですよ」

としみじみした口調でおっしゃいました。

男と女の話をなさる時は、芋や大根の話をするようにサバサバした口調でした。

「同時に何人愛したっていいんです。寝る時はひとりひとりですからね」

私が笑い出す前に厳粛な表情で、

「男と女のことは、所詮オス・メス、動物のことですよ。それを昇華してすばらしい愛にするのは、ごく稀な選ばれた人にしか訪れない」

とつづけられました。思い出せばとめどなくあふれてくる先生のなつかしいお言葉の数々です。

今頃、御自分のデザインのさくらのお振袖で、連日浄土で歓迎パーティが賑っていることでしょう。先生の愛し愛されたあの超一流の男性たちに囲まれて。

文学と生き方によって人間の自由とは何かをお示し下さった宇野千代先生の決して死なない永遠の魂を心から祝福申しあげます。

ではまた文学のお話のつづきを聞かせて下さいますように、寂庵でいつもいつもお待ち申しあげております。

一九九六年六月二十九日

瀬戸内寂聴

＊1 「おはん」＝昭和三十二年六月、中央公論社刊。
＊2 「雨の音」＝昭和四十九年三月、文藝春秋刊。初の書きおろし、著者自装。
＊3 「生きて行く私」＝昭和五十八年八月、毎日新聞社刊、上・下巻。
＊4 『人形師天狗屋久吉』＝昭和十八年二月、文体社刊。

昭和十八年九月、戦時中の繰り上げで東京女子大を卒業した瀬戸内晴美は、十月、結婚した夫と北京に渡った。新婚のとき、白菜や豚肉のはいった買い物袋を下げたまま、家の近くの美しいショーウインドウの街並みの王府井《ワンフーチン》の本屋に入った。書棚のちょうど目の高さに宇野千代の『人形師天狗屋久吉』の背文字を見た。

買って帰ると夢中で読んだ。晴美の故郷、阿波の徳島の文楽人形造りの老人から聞き書きをした小説に惹きこまれた。それが瀬戸内寂聴にとっての宇野千代体験のはじめだった。

新進作家としての瀬戸内晴美が宇野千代に出会ったのは、昭和三十六年の女流文学者会のときである。錚々たる顔ぶれのなか、新人の瀬戸内は小さくなっていただろう。そこへ現れたのが銀狐のフワッとしたショールに黒いシフォンベルベットのコートの宇野千代だった。女流作家でもこんな綺麗な人がいるんだ、大女優のようだと、彼女はただ見惚れていたらしい。

その後のふたりは仲良しの先輩後輩作家となり、弔辞に宇野語録が再現されているように、瀬戸内に対して真面目な顔で文学の話を好み、男と女の話に及んだ。瀬戸内のエッセイ「千代観音」で見たのだが、彼女が宇野年譜の中の男性の名を挙げると、「ねたっ」「ねないっ」と間髪をいれぬ速さで答えが返ってくる話がある。「ネタ、ネナイ、ネナイ、ネタ」、なんと小気味よい、爽やかさであることよ。

宇野千代の「米寿を祝う会」が帝国ホテルで盛大に開催されたのは、彼女がはじめて京都嵯峨の寂庵を訪れた三年後であった。主役入場のエスコート役の三宅一生がニューヨークからの飛行機がおくれたらしく、瀬戸内寂聴がピンチヒッターになった。千代デザインの、黒地に桜の花びらの散りしかれた大振袖を着た八十八歳の作家は、万雷の拍手のなかでういういしくはにかみ、ほほも桜色に輝いていた。

九十歳で初めて座禅を体験したとき、寂聴師への感想は、「こんな気持のいいものはない。座禅好きになっちゃった」であったという。日本橋の高島屋で「私は幸福　宇野千代展」が開かれた。ごったがえす熱狂的なファンに私は呑みこまれそうになったが、波濤の中でもシャンとした宇野さんの姿を見かけた。色紙には、「この頃　思うんですけどね　何だか　私　死なないやうな　気がするんですよ　はははは　は　宇野千代　九十五歳」と書いていた。

一九九六年四月に始まった山梨県立文学館の企画展「宇野千代の世界」の楽日は五月二十六日、訃報はその二週間後だった。十四日、西五反田の桐ヶ谷斎場での通夜は、意外にひっそりしていた。私が知った顔は詩人の佐々木幹郎だけで、彼は文庫本「倖せを求めて生きる」の解説を書いていたからか。宇野さんが長生きしたので、親しい文壇の人、編集者が先にあの世へいってしまったのだと思ったほど淋しかった。そうではなくて、この弔辞の冒頭にあるように、主なる知人は、病院から遺体が青山の宇野ハイツに帰った日の通夜に駆けつけて、観世音さながらの顔を拝んでいたわけで、愚かな杞憂もいいところだった。

六月二十九日、青山葬儀所での「お別れ会」は、宇野千代にふさわしく、にぎやかだった。祭壇の左右にしだれ桜の花びらが舞い散る演出があり、瀬戸内寂聴、丸谷才一、「おはん」「生きて行く私」を演じた山本陽子が弔辞を読んだ。

丸谷才一は、宇野千代には長寿、健康、名声に恵まれた幸せもあったが、自分が「色ざんげ」を読み返してみて、日本有数のモダニズム小説だと気がついたように、「新しい角度から論じられる可能性」こそ、彼女の「最大の幸福かも知れません」と、幸福教の教祖のようではない、宇野文学の奥が深く幅が広い実体を、弔辞で明かしたのである。

井上ひさしが綴る

井上ひさし　いのうえ・ひさし　一九三四（昭和九）年、山形県東置賜郡小松町（川西町）生れ。小説家、劇作家。本名は内山厦《ひさし》。上智大学フランス語学科卒。浅草六区のフランス座からスタート、NHKの「ひょっこりひょうたん島」などの台本で知られる。こまつ座の座付き作者、仙台市文学館館長に就任し、故郷に遅筆堂文庫を開館。『道元の冒険』（岸田国士戯曲賞、芸術選奨新人賞）、『手鎖心中』（直木賞）、『しみじみ日本・乃木大将』・『小林一茶』（読売文学賞）、『吉里吉里人』（読売文学賞、日本SF大賞）、『腹鼓記』・『不忠臣蔵』（吉川英治文学賞）、『四千万歩の男』（土木学会賞）、『シャンハイムーン』（谷崎潤一郎賞）、「太鼓たたいて笛ふいて」（毎日芸術賞、鶴屋南北戯曲賞）など。イーハトーブ賞、菊池寛賞、朝日賞、文化功労者、日本ペンクラブ会長。

藤沢周平　ふじさわ・しゅうへい　一九二七（昭和二）年、山形県東田川郡黄金村（鶴岡市）生れ。小説家。本名は小菅留治。山形師範卒。郷里の中学校教諭となったが、発病。東村山の結核療養所に入院。のち業界紙の記者を勤める。直木賞候補の「溟い海」がオール読物新人賞となり文壇デビューする。『暗殺の年輪』（直木賞）、『白い瓶』（吉川英治文学賞）、『市塵』（芸術選奨）、『用心棒日月抄』、『橋ものがたり』、『海鳴り』、『蝉しぐれ』、『三屋清左衛門残日録』、『日暮れ竹河岸』、『漆の実のみのる国』など。菊池寛賞、朝日賞、東京都文化賞、紫綬褒章、

井上ひさし（撮影：立花義臣）

藤沢周平

山形県民栄誉賞。一九九七（平成九）年一月二十六日逝去した、六十九歳。

藤沢周平への想い

一九九七（平成九）年一月三十日

弔辞

海坂《うなさか》藩に感謝―別れの言葉にかえて―

藤沢周平さん。藤沢さんが新作を公になさるたびに、私は御作に盛り込まれている事柄を、私製の、手作りの地図に書き入れるのを日頃のたのしみにしておりました。とりわけ海坂藩城下町の地図は十枚をこえています。そのたのしみがいま、永遠に失われたのかと思うとほとんど言葉がつづきません。

海坂藩七万石。御城下の真ん中を貫いて流れる五間川。その西の岸近くにそびえ立つ五層の天守閣。五間川には大きな橋が三つかかっていて、北から順に千鳥橋、あやめ橋、そして行者橋。一番北の千鳥橋を東へ渡る道は鍛治町から染川町へとつながります。私はこの通りが好きでした。まず、千鳥橋の東のたもとには、冬は餅と団子、夏は団子とチマキを売る小さな餅菓子屋があります。染川町に入ると、北にあけぼの楼、大黒屋、上総屋、南に若松屋、つばき屋、弁天楼といった娼家が軒を並べる遊郭になります。とりわけ若松屋が大好きで、海坂藩の若侍たちはたいていこの若松屋で童貞を失うのでした。

　御城下には暗い陰謀がつねに渦を巻いています。格段の悪者がいるわけではないのですが、人間が人間と関係し合うと、そこに小さな邪念が生まれ、その小さな邪念が人の網をかけめぐるうちにいつの間にか、すさまじいまでの争いにまで育ってしまうようでした。その中で、男たちはそれぞれの筋目を守ろうとして少しずつ汚れて行き、女たちはそういう男たちの重みをしっかりと軀で支え、心で励ますのでした。

　それぞれの分を守りながらその筋目を通そうとする男たち、それを軀と心で支える女たち。この人たちが、藤沢さんの端正で切れ味のよい、それでいてやさしくしなやかな文章でくっきり浮び上がってくると、どんな人物もとてもなつかしく見えてくるからふしぎです。なつかしさが高じて、今は全員がそれぞれ私の理想像になってしまい、いつの間にか、この海坂の御城下が私の理想郷になりました。これからも日常の俗事で疲れ果てるたびに、御作の海坂藩ものどこかを開き、千鳥橋東詰の餅菓子屋で買ったたまり団子を頬張りながら例の若松屋の前あたりをぶらついてみることにいたします。私と思いを同じくする人もまたこの世の末まで後を断たぬはず。こうして藤沢さんのお仕事は永遠に市塵の中を、巷の塵の中を生きつづけ、屈託多い人びとを慰めるはずです。

藤沢さん、私に理想郷海坂を与えてくださってありがとう。藤沢さん、いまあなたがどこでこれを聞いておいでか私にはおよその見当がつきます。お城の南の高台にある円照寺近くの小さな家の縁側で、蝉しぐれの中、海坂名産の小茄子の浅漬を召し上がりながら、にこにこしていらっしゃるのではないのですか。小茄子の浅漬は山形の名物、私の好物でもあります。少しのこしておいてください。おっつけ私もそちらへ呼ばれますから。

一九九七年一月三十日　　井上ひさし

書き終えたところへ妻が顔を出し、「そんなことをいって、仙台の長茄子、大坂の水茄子、シチリアの茄子のスパゲッティはどうするんだ」と一喝しましたので、そちらへ参るのは、少しおくれるかもしれません。が、一粒ぐらいは食べのこしておいて下さいますように。

昭和四十七年、井上ひさしが「手鎖心中」で直木賞を受賞、翌年、藤沢周平が「暗殺の年輪」で同じ賞を受賞した。同時代のスタート台と同郷人の誼《よしみ》があった二人である。

国立国際医療センターの病室で、藤沢周平の六十九歳の誕生日を家族五人で祝ったのは、永眠するちょうど一ヶ月前だった。妻と娘夫婦とその長男という家族への、行き届いた気配りと優しさにみちた遺書がのこされていた。三年ほど前に書かれたものらしい。それには近親者のみの密葬の場合と普通の葬儀の二案が記され、火葬場からもどったあとの酒、寿司のことから葬儀の短いあいさつの見本を考えておくことまで書いている。とくに妻には身のまわりの世話のかずかずを挙げ、「そのおかげで、病身にもかかわらず、人のこころに残るような小説も書け、賞ももらい、満ち足りた晩年を送ることが出来た」と、感謝の気持を表す遺書だった。

一月三十日、信濃町千日谷会堂での葬儀には、丸谷才一、井上ひさし、鶴岡市長、山形師範同窓の蒲生芳郎、湯田川中学教え子が弔辞を捧げた。文壇の先輩で、やはり鶴岡出身の丸谷は、「天賦の才と並々ならぬ研鑽による」出色の文体を誉め、「明治大正昭和三代の時代小説を通じて、並ぶ者のない文章の名手」と讃えた。

藤沢の教師生活は二年間だったのに、教え子の弔辞があるのは、よほど先生と生徒の親交が深かったのだろう。当時「鐘の鳴る丘」に出た新進の映画俳優佐田啓二に似ていると生徒が言い、その上やさしいので人気があったらしい。藤沢の赴任が昭和二十四年だから、私もその時の生徒の年代にあたる。新制中学が開校したばかりの混沌期、授業もクラブ活動も活気があって、昭和二十年代特有の懐かしさがあるのは全国的だと思う。あの頃は教師を辞めて、東京の大学へいってしまった若い先生が何人もいた。私が慕った演劇部の先生も、音楽部の先生も芝居の上演と「流浪の民」の合唱なかばに去った。藤沢先生の場合は発病による休職だったが、突然いなくなったショックと、六年半におよぶ療養生活と業界紙の記者時代ののちに再会した教え子の喜びが想像できる。

晩年は低血圧の上に自律神経失調症があって、一人では地下鉄に乗れないのでどこへ行くのも妻と一緒だったようだが、前には井上ひさしの芝居をよく観に行った藤沢は、終演後、井上と劇場近くの喫茶店で話をする仲で、と言っても、彼はにこにこしているだけなので、井上が話の引き出し役だったらしい。

井上が藤沢の最新の短篇集、市井の女たちの心のゆれを書いた『日暮れ竹河岸』を、毎晩一つずつ読み、「これは時代小説というより髷を結った純粋小説だな」と感心しているちょうどその時、訃報が届いたという。

井上ひさしの弔辞にいう藤沢作品による「私製の、

手作りの地図」、「海坂藩城下町の地図」は、文藝春秋編『藤沢周平の世界』で見ると、たとえば「蝉しぐれ」ならば、牧文四郎の足どりとともに道を歩き、橋をわたることが出来る仕掛けになっている。こまかく地図を描きながら、心で町を歩く井上の弔辞と地図が、われわれに城下を案内してくれる。庄内藩をモデルにした藤沢の小説の架空の町だが、人も家並も橋も木も、リアリティをもっている。また、山形の食べものが出てくるのも、藤沢作品的な弔辞である。立川談四楼も書いている。藤沢作品にはまり込む人（ファン）の頭の中には、海坂藩の地図があるという。たしかに読者それぞれの自分流の地図が書けそうだ。

海坂藩とは？　藤沢周平は庄内藩酒井十二万石の城下町鶴岡の町に近い田川の生れである。この北国の藩をモデルにした架空の名前だが、その命名には、わけがあった。彼が東京都東村山町の結核療養所で生死の境をさまよっていた時代、昭和二十八、九年のこと、静岡の馬酔木《あしび》系の俳句雑誌「海坂」に投句していた。そのとき、「海辺に立って一望の海を眺めると、水平線はゆるやかな弧を描く。そのあるかなきかのゆるやかな傾斜弧を海坂と呼ぶと聞いた」、この言葉の美しさと、真剣に句作した記憶の心情から、のちに「無断借用」したのだという。

春は苗代で蛙が合唱し、田植えが終ると、いちめんの里芋の葉に朝露が光り、トンボがとまる。小鮒やドジョウなどがひそむ小流れで泳いだり、もぐって川底の石探しをして遊ぶ。これはたとえば「半生の記」の中の光景だが、いまは消えてしまった藤沢周平の幼少期の環境を遺す紙碑ではないだろうか。ふるさとに射す光や風のそよぎを感じるとき、いかに陰謀が渦を巻いていようが、藤沢小説の人間ドラマに流れる詩情は尽きない。

おわりに

電話などで、この本のタイトルは「シヲオモウ」だと言うと、詩？　師？　死？　相手の一瞬の怪訝な表情が見えるような気がする。一語の漢字にもアクセントの区別があるのだろうか。地方出身の私には、それが判らない。

「愛別離苦」という言葉がある。それは愛する人と心ならずも生別、死別する苦しみだという。ここに死別の手紙を集めてみたが、文面に直接の嘆きはあまり見られない。そうだとしても手紙の行間にひそむ慟哭を、悲哀の背後にあるはずの人間ドラマを想像できるのではないだろうか。

遺書は生者への伝言であり、弔辞は死者への心の呼びかけだとすれば、どちらにもメッセージ性のあるメモリアル・レターということにして、遺書と弔辞を、手紙の本の中に収めたわけで。

他人の死を想うことは、すなわち自分の死を想うことかも知れない。人は死を悲しむ。しかし、死はイコール無、無を感じもしないほんとの虚無だということを前提にしてだが、Aが死んだBのことを想う時間は、Aの心の中にBが生き返ることができる。Aと疎遠になったCは生きていても、AにとってCは死んでいるのと同じではないか。そう思うと死が怖くなくなる。

私だけのアフォリズム、とも言えないが「宇野千代も死んだ、山田風太郎も死んだ」「草花も死ぬ、私も死ぬ、ゴキブリも死ぬ」。これは九十五歳のとき「何だか私　死なないような気がするんですよ」と書いていた宇野千代さんの、一九九六年六月の通夜の席で、ふと泛かんだ警句である。二〇〇一年七月二十八日に七十九歳で亡くなった風太郎さんの存命中だったが、なぜか風太郎さんも殺してしまった。

実はこの本には私の好きな山田風太郎を入れたかった。風太郎の「死の準備」は戦時中から始まっていて、「葬式無用」とその理由など、本書の永井荷風の遺書とまるで同じことが、山田青年の日記に見えるのだが、とくに一九九一年から亡くなるまでの十年ほどの著書に、『半身棺桶』、『死言状』、『人間臨終図巻』全三巻、『コレデオシマイ。』、『あと千回の晩飯』があり、無理やり押しかけてインタビューの成果をあげた、荒井敏由紀と小山晃一による『風太郎の死ぬ話』『いまわの際に言うべき一大事はなし。』『ぜんぶ余禄』の三部作、森まゆみによる（古本屋なないろ文庫ふしぎ堂と月の輪書林の主人が同行した）『風々院風々風々居士山田風太郎に聞く』と、関川夏央による『戦中派天才老人・山田風太郎』、ほかにも錚々たる顔ぶれが、「死」の談話を聞きに訪問したようだ。いつか彼のなかで死が発酵していった。私もたっぷり「死」について学ばせてもらった。もう何をか言わんやで、お止めにした。

と言いながら、おまけを一つ披露すれば、生前、七十五歳のとき、風太郎は自筆死亡記事を「週刊朝日」（一九九六年八月）に出していた。パーキンソン病と糖尿病で通院しながらも、ウイスキーと煙草を欠かさず、「この日も、なみなみとコップに注いだリザーブを飲み干したあと、バサリと食卓に伏した。夫人が声をかけると、『死んだ……』と呟いたという。」とあり、その食卓に並んでいたご馳走も書き洩らさない死亡記事だった。なんて理想的な臨終であることよ。明治文壇の毒舌家、皮肉屋の斎藤緑雨も、病気と飢えのなかで三十七歳の生を閉じたとき、「僕本月本日を以て目出度死去仕候……」という自作の死亡広告が、明治三十七年四月十四日の新聞に掲載された。

有名人でなくても若くても、自分の死亡記事を作ってみようではないか。あるいは自分の死を知らせるハガキはどうだろう。それで人生にケリをつけよう。自分史が流行っているが、長い歴史を書くのは面倒だ。読まされるほうも迷惑だろう。そして、理想をいえば、生前葬がいい。かつて情誼を交わした人が一堂に会して、会葬者のなかに和気藹々と交じっている。その人たちを仮想死者が笑って眺める、これを仕合せと思うか否かは、人の勝手次第としておこう。

編集にあたっては、二玄社の結城靖博氏との、長い歳月の丁々発止があった。私の頑固が通らなかった無念な面もある。しかし、彼にお尻をたたかれたお蔭で、ようやく本書が出来たので、有難うを言いたい。また、わが敬愛する友人藤田三男氏(「新潮日本文学アルバム」百巻を編集したかつての木挽社の親玉)にも、〈愛〉と〈死〉と共にご協力を賜った。末筆ながら謝意を付け加えたい。

二〇〇三年、真夏日

宇治土公三津子

●レクイエム

『鏡花全集』第28巻　1976年第2刷　岩波書店
『菊池寛全集』補巻　1999年　武蔵野書房
『川端康成全集』第34巻　1982年　新潮社
「文芸」特集堀辰雄追悼号　1953年8月
「文芸」臨時増刊　高橋和巳追悼特集号　1971年7月
「現代詩手帖」増頁追悼特集＝金子光晴　1975年9月
「心」武者小路実篤追悼号　1976年7月
『艶なる宴』中村真一郎著　1982年　福武書店
『新文芸読本　寺山修司』1993年　河出書房新社
『懐かしい人たち』吉行淳之介著（森茉莉さんの葬儀）1994年　講談社
『わが別辞』水上勉著　1995年　小沢書店
『わたしの宇野千代』瀬戸内寂聴著　1996年　中央公論社
「文藝春秋」臨時増刊「藤沢周平のすべて」1997年4月

手紙の出典

●愛別離苦

『漱石全集』第22巻　1996年　岩波書店
『子規全集』第19巻　1978年　講談社
『藤村全集』第17巻　1968年　筑摩書房
『文壇名家書簡集』1918年　新潮社
『漱石全集』第23巻　1996年　岩波書店
『石川啄木全集』第7巻　1979年　筑摩書房
『幸徳秋水全集』第9巻　1969年　明治文献
『志賀直哉全集』第17巻　2000年　岩波書店
『有島武郎全集』初版第2刷　第13巻　2002年　筑摩書房
『梶井基次郎全集』第3巻　1966年　筑摩書房
『生田春月全集』第3巻　1931年　新潮社
『萩原朔太郎全集』第13巻　1977年　筑摩書房
「月刊文化学院」1942年12月（西村アヤ「つながりて居し」）
『宮本百合子全集』第19巻　1979年　新日本出版社
『高村光太郎全集』増補版第14巻　1995年　筑摩書房
『矢田津世子宛書簡』紅野敏郎編　1996年　朝日書林
『中野重治　愛しき者へ』（下）澤地久枝編　中公文庫　1987年　中央公論社
『悠々として急げ　追悼開高健』　牧羊子編（小山鉄郎文）　1991年　筑摩書房

●遺すことば

『二葉亭四迷全集』第7巻　1991年　筑摩書房
『村山槐多全集』1963年　弥生書房
『鷗外遺珠と思ひ出』森鷗外著　森於菟・森潤三郎編　1934年　昭和書房
『芥川龍之介全集』第23巻　1998年　岩波書店
『太宰治全集』第13巻　1999年　筑摩書房
『新校本　宮沢賢治全集』第15巻　1995年　筑摩書房
『荷風全集』第23、24巻　1993、1994年　岩波書店
「文藝春秋」2002年1月　「遺書　80人の魂の記録」（菊池寛）
『新潮日本文学アルバム　39　菊池寛』1994年　新潮社
『定本　原民喜全集』第3巻　1978年　青土社
『追憶　坂口安吾』坂口三千代著　1995年　筑摩書房
「文藝春秋」1972年4月　火野葦平「遺書（ヘルス・メモ）」
『江藤さんの決断』朝日新聞「こころ」のページ編　2000年　朝日新聞社

【編著者紹介】

宇治土公三津子（うじとこ・みつこ）

三重県宇治山田市（現・伊勢市）に生れる。日本女子大学文学部国文科卒業。1963年、日本近代文学館創設運動に参加（企画委員）。1995年、同館を定年退職（図書資料部長）。現在、同館図書資料委員、日本女子大学図書館友の会理事、日本近代文学会会員。神奈川婦人会館において近代文学を読む会を主宰し、文筆に携わる。

作家《さっか》が綴《つづ》る心《こころ》の手紙《てがみ》

死《し》を想《おも》う

2003年 9月10日　初版印刷
2003年 9月30日　初版発行

著　者　宇治土公《うじとこ》 三津子《みつこ》
発行者　渡邊隆男
発行所　株式会社 二玄社
東京都千代田区神田神保町2-2　〒101-8419
営業部＝東京都文京区本駒込6-2-1　〒113-0021
電話：03(5395)0511　Fax：03(5395)0515
URL http://nigensha.co.jp

デザイン　横山明彦（WSB）
印　刷　モリモト印刷株式会社
製　本　株式会社積信堂

ISBN4-544-03040-4 C0095